幕末・明治の三河歌人

竹尾正久の碑文と和歌

繁原　央

序文

賀茂神社宮司　田畑忠伺（たばたただし）

竹尾正久翁は江戸時代を通じて賀茂神社の社家であった竹尾家の一族であり、新しい明治の時代になって、石巻神社・牟呂八幡の祠官として奉仕し、かつ世に知られた歌人であった。正久翁を知るにあたっては、竹尾家の系譜を記した那賀山乙巳文の『賀茂縣主竹尾家と其一族』と、竹尾家の屋敷の庭に建てられていた石碑によるしかない。それにより、翁が神官以外に歌人としての才能を有した人物であったことが理解できる。

この石碑は正久翁の歿後、遺徳を慕う人々により建立され、竹尾家の庭前で静かに時を過ごしていたが、竹尾家の移転にともない屋敷内が解体されることになり、ゆかりの品を賀茂神社が譲り受けることとなった。その際、正久翁の石碑も、郷土の偉人の存在を広く後世に伝える資料とすべく、神社に託された。再生建立についいては、石碑が竹尾家の敷地内にあったため、その存在を知る人も少ないので、多くの人々の理解を得ることが大事であるとされ、再建の時期を待つこととなり今日に至った。

そうした経過のなかで、茲に『幕末・明治の三河歌人　竹尾正久の碑文と和歌』が刊行されることになった。時が動き始めたのである。本書は碑文の解説のみに終わることなく、竹尾正久翁の生涯にわたる足跡を研究され、翁の生きた時代やその背景、関わりのある人々との絆も明らかにされている。このような一冊の書物として世に出されることは、正久翁ゆかりの人々、関わりのある村の人たち、新しき学びを志す人の思いを高めることになるであろう。

令和三年四月

目次

第二部　竹尾正久の師匠たち……54

第三部　竹尾正久、世に出る……95

［凡　例］

一、本書は竹尾正久の碑の本文、訳文、語釈をもとに、碑文の作者・三宅英煕と正久に関する師匠や作歌活動を調べることで、幕末から明治を生きた一人の神主の一生を明らかにしようとした。

一、全十六章を便宜的に四つの部に分け、正久の碑文と歌を紹介した。

一、引用文献にはなるべく意味を付した。

一、人物の生没年はわかる限り西暦を入れた。年齢は数え年で記した。

一、名前は姓、氏、名、幼名、号、通称など多様に使われており、改名、改姓もしているので、複雑だが必要に応じて記した。

一、ふり仮名は現代仮名遣いで記した。

一、関連年表は竹尾家と三宅英煕に関するものを中心に作成した。

第一部　碑文を読む

平成二十八年（二〇一六）七月から十一月にかけて、愛知県豊橋市賀茂町城前（しろまえ）の竹尾彦太夫家（旧賀茂神社神主家）の家宅が取り壊され、更地にされた時、その庭にあった石碑が賀茂神社境内に移された。この碑は、幕末から明治にかけて三河歌人として活躍した竹尾正久（たけおまさひさ）を顕彰したもので、明治三十九年（一九〇六）十月に建立されている。碑文を書いたのは豊川（とよかわ）の財賀寺（ざいがじ）住職三宅英熙（みやけえいき）である。

平成二十九年十一月二十五日に豊川の河合荘次（かわいしょうじ）氏にお願いして、拓本を採っていただいた。氏は蟬翼拓（せんよくたく）という蟬の羽のように薄く写し取る採拓法で、見事に石碑の姿を写しとってくれた。これにより本文を正確に読み取ることができた。

本書は、この碑文を読み解き、碑文にまつわる個々の事柄を検証するとともに、石碑の主人公である竹尾正久翁の一生を和歌を中心にたどってみようとするものである。それは、幕末から明治にかけた激動の時代における神職のもう一つの姿を映し出すであろう。

河合荘次氏が採った正久翁の碑文の拓本
(賀茂神社蔵　2017年11月25日採拓)

第一章　竹尾正久の碑文

本文

まず碑文の本文を記しておく。

つくしけむ　あとをし見れば　いしふみに　かきつくされぬ　功おほしも
男爵　千家尊福（印）（印）

正三位勲三等男爵　千家尊福君題吟

竹尾正久翁碑銘并序

權中教正竹尾正久翁既亡之三月其門人某曰吾師隨園翁方將瞑言碑文必請於凹山氏々能盡吾平生者
矣余曰然也乎不可辭以不文也因叙曰翁諱正久竹尾其姓隨園其號也八名郡賀茂神社世祝大和守賀茂々
樹之次子以天保五年三月某日生於其家資稟沈冲不喜游戯獨耽誦讀夙出學於草鹿砥宣隆翁殆二十有
餘年究乎本教及萬葉詞學旁脩漢學嘉永年間及乎野々口隆正先生來講本教於吉田翁亦就研焉頃強聘
西尾舊藩士之女爲配時偶際維新三河縣亦置修道館分校翁入執教鞭明治某年任八名郡鄕社石巻祠官
兼摂渥美郡鄕社牟呂八幡祠官二十一年十月轉補大社教會權中講義三十七年八月超補權中教正焉始
余歸自南紀寓于羅山可半歳一日翁扈其叔父大伴橘翁至一見如舊唱和數句太相款是余之與翁討交之
始也矣翁儀觀不太揚似不能言者惟謹爾而人課之題則不經意而成其詞富腴艷麗人以爲異才爾來余出
入乎教文二省之管下衣奔食走今參昨遠不相見幾十五六年矣最後以有法燈之不可滅旋董席于羅山一

日翁曳笻至余駭迎顧眄之間于思毿々皎潔映座高風清音足以掬挹視諸當昔霄壌不啻余惟窅然而已止
後毎櫻楓景勝必至々則觴咏竟興而去也晩年罹胃脆逐次衰憊頃三十七年秋加之以心痺終以八月二十
二日溘奄逝矣距其生年天保甲午七十有二余雖欲莫曇州門之慟豈可得也哉噫嘻翁畢生所作歌不可更
僕而隨作隨散所遺無幾其著參河歌集若干巻咏史歌集若干巻共行世配笹登自亦能咏其巧殆與翁相頡
頏云今茲東京府知事正三位勲三等男爵千家尊福君辱賜頌歌以榮焉謹揭諸砥額銘曰

本學隆興　天衢豁開　億兆復被　日月照回　翁之道統　承大國氏　惟神惟習　虞齋
兩祀　淑焉偕老　鳳唱凰和　花从煙興　歌仙之亞　麗藻神享鬼倚　贊揚幽福顯祉

明治三十九年十月　　羅山僧正三宅英熙　撰文幷書（印）（印）

上部の題吟については後でふれるとして、先に碑銘と序の、書き下し文と訳文をみておきたい。

書き下し文

權中教正、竹尾正久翁の既亡せし三月、其の門人某曰く、吾が師・隨園翁、方に將に瞑せんとするの言に、碑文は必ず凹山氏に請へ、氏は能く吾が平生を尽くす者なりと。余曰く然らんか、辞して以て文せざるべからざるなりと。因りて叙して曰く、翁、諱は正久、竹尾は其の姓、隨園は其の号なり。八名郡賀茂神社の世祝・大和守賀茂茂樹の次子なり。天保五年三月某日を以て、其の家に生る。資稟沈冲にして游戯を喜ばず、独り誦読に耽り、夙に出でて草鹿砥宣隆翁に学ぶこと、殆ど二十有余年。本教及び万葉の詞学を究め、旁がた漢学を脩む。嘉永年間に、野々口隆正先生の来りて本教を吉田に講ずるに及び、翁も亦た就きて研焉す。頃ころ強て西尾旧藩士の女を聘して配と為す。時に偶たま維新に際し、三河県も亦た修道館分校を置き、翁は入りて教鞭を執る。明治某年、八名郡の郷社・石巻の祠官、兼摂て渥美郡の郷社・牟呂八幡の祠官に任ぜらる。二十一年十月、転じて大社教会の権中講義に補せられ、三十七年八月、超へて権中教正に補せらる。始め余、南紀より帰り羅山に寓すること半歳なるべし。一日、翁、其の叔父・大伴橘翁に扈ひ、至る。一見して旧のごとし。唱和すること数句、太はだ相 款る。是れ余と翁との討交する始めなり。翁の儀観は太はだしくは揚らず、言ふ能はざる者に似たり。惟だ謹爾して、人これに題を課せば則ち経意せずして成る。其の詞は富腴艶麗なり。人以て異才と為す。爾来、余、教文二省の管下に出入りし、衣奔食走し、今参昨遠して相見ざること殆んど十五六年なり。最後に法灯の滅すべからざること有るを以て、席を羅山に旋董す。一日、翁、筇を曳き至る。余、駭き迎へ顧盻するの間、于思毿々として皎潔、座に映ず。高風清音、以て掬挹するに足る。これを当昔の霄 壌を視るに、啻に余りあるのみならず、惟だ窅然たるのみ。止まりし後、櫻楓の景勝毎に、必ず至る。至れば則ち觴詠し興竟て去る。晩年、胃脆に罹り、逐次、衰憊す。頃くして三十七年の秋、加ふるに心痺を以てし、終に八月二十二日を以て溘奄として逝けり。其の生年の天保甲午に距たること七十有二なり。余、曇州 門の慟きなからんと欲すと雖も、豈に得べけんや。噫嘻、翁、畢生に作る所の歌、更僕すべからず。而して随作随散し、遺る所は幾ばくもなし。其の著は參河歌集若干巻、咏史歌集若干巻。共に世に行はる。配の笹登自も亦た能く咏ず。其の巧みなること殆ど翁と相頡頏すと云ふ。今茲に東京府知事・正三位勲三等男爵・千家尊福君、辱くも頌歌を

賜り、以て榮とし、謹んでこれを碑額に掲ぐ。銘に曰く、

本学隆興し　天衢豁開す　億兆復被し　日月照回す　翁の道統は　大国氏を承け　神ながらを惟れ習ひ　両祀を虔齋す　淑焉として偕老に　鳳は唱ひ凰は和し　花は煙より興あり　歌仙の亞なり　麗藻は神享鬼倚に　幽福顯祉を贊揚せり

明治三十九年十月　羅山僧正三宅英熙　撰文幷びに書す

訳文

権中教正の竹尾正久翁が亡くなってからの三月、その門人の某が、「私の師の随園翁がまさに瞑目しようとした時の言葉に『自分の碑文は必ず凹山氏にお願いしてくれ。凹山氏は私の平生のことを知り尽くす人だから』といわれました」といってきた。私は「そうですか。それは書かないというわけにはいかないな」といった。そこで次のように碑文を書く。

翁の諱は正久、竹尾はその姓、随園はその号である。八名郡賀茂神社の神職の大和守・賀茂茂樹の次男で、天保五年（一八三四）三月某日に生まれた。生まれつきの資質は落ち着きがあり、遊ぶことは好まず、独りで書物を暗唱し読むことを好んだ。早くから砥鹿神社の草鹿砥宣隆翁に学びに行き、二十数年にもなった。そこで神道と『万葉集』の詞の学問を究明し、一方で漢学を修めた。嘉永年間（一八四八〜一八五四）になって、野々口隆正先生（大国隆正）が吉田（現豊橋市）で講話したのに、翁も行き研鑽を積んだ。

しばらくして西尾の旧藩士の娘を娶って妻とした。その時たまたま明治維新にあたり、三河県

でも修道館分校を設置し、翁はそこで教鞭を執った。明治某年になり、八名郡郷社・石巻神社の神職と渥美郡郷社・牟呂八幡社の神職に任命され、兼務することになった。明治二十一年十月に転じて大社教会の権中講義に補され、三十七年八月には超えて権中教正に補された。

始め私は南紀州から財賀寺の羅山に寓居するようになり、半年たった頃だろうか、ある日翁がその叔父の大伴橘翁（寺部宣光）についてやってきた。一目あって旧知のようになり、数首の歌を唱和し互いに打ち解けた。これが、私が翁と交わりを結んだ始めである。

翁の風采はそんなに目をひくものではなく、言を弄するほどでないが、ただ謹み深く、題詠を課せられたら、あっという間に詠じ、その詞は豊かであでやかに美しい。皆異才のある人だと思った。

その後、私は教文の二省（教部省と文部省）の管轄下に出入りし、衣食のことに奔走し、昨日遠くにいたら今日はここに来るという忙しさで、翁とは十五、六年も会うことがなかった。最後に財賀寺の法灯を滅ぼすべきでないということで、席を羅山に移すことになった。

ある日、翁が杖をついてやってきた。私は驚き迎えて会ってみると、翁の髭がふさふさとして真っ白で、清潔に映え、高い操に清らかな声をしており、両手で大切に掬い取りたくなる。この今と昔の有様を見てみるに、ただ余韻にふけるだけでなく、はるかな感慨に沈むのである。羅山に止まってのちは桜の咲く頃や紅葉の色づくいい景色になるたびに、必ずやってきた。来ると酒を飲み、歌を詠じ興が尽きると帰っていった。

晩年に胃の病に罹り、次第に衰弱してゆき、しばらくして明治三十七年の秋に、心臓病も加わり、八月二十二日に急に逝去された。生年の天保甲午（一八三四）の年から七十二年余りである。私は仏門の徒なので人の死を嘆くことはないと教えられたが、翁の死をどうして嘆かずにいられようか。

ああ、翁の一生涯で作った歌は数えられないほどあるが、作った傍から散逸し、遺ったものは幾らもない。その著作は『参河歌集』若干巻、『咏史歌集』若干巻が、共に世に行われている。妻の笹刀自もまたよく歌を詠み、その巧みなことはほとんど翁と力が拮抗しているという。

今ここに東京府知事、正三位勲三等男爵の千家尊福君が、かたじけなくも頌歌を作ってくれた。栄えあることである。謹んでこれを砥玉の額に掲げる。

銘にいう。

本学（国学）が興隆し、天の道は広く開かれ、億兆もの人々もまた徳を被り、日と月が照らし回るようだ。翁の教えの道統は、大国隆正氏より受け継ぎ、神ながらの道に習熟し、謹んで二つの神社を斎き祀る。夫婦とも白髪になるまで、鳳凰のように唱和しあう。花は煙より興趣があり、歌は古の歌仙に次ぐほどで、その美麗な言葉は鬼神も受け入れ、生と死の幸福を称え賛美するだろう。

明治三十九年十月　　羅山僧正三宅英煕　撰文幷びに書

語釈

文中の語句の説明を簡単に記す。

☆千家尊福（せんげたかとみ）―一八四五〜一九一八。神道大社教（おおやしろきょう）（現出雲大社教）の初代管長。東京府知事を明治三十一年から明治四十一年まで務めるので、この題吟はその頃に書いたもの。

☆竹尾正久（たけおまさひさ）―一八三四〜一九〇四。八名郡賀茂村の賀茂神社神主・竹尾茂樹の次男。那賀山乙巳文（なかやまおみふみ）『賀茂縣主（あがたぬし）竹尾家と其一族』（昭和十年〈一九三五〉、一八頁）に「幼名勝之助（かつのすけ）、号、中務（なかつかさ）、あるいは八束髭（やつかのひげ）、隨園」とある。また西尾市岩瀬文庫所蔵の森為泰（もりためひろ）の千竹園『寄方集（よるかた）』に「三川加茂神主　竹尾雄之助正久」とあるので、幼名は「雄之助」とも書き「かつのすけ」と呼ばれたと思われる。

☆権中教正―明治五年から十七年まで行われた宗教官吏の階級名。廃止された後も神道の教導職として使われている。権中教正は十四階級の中の四級目の位。

☆凹山氏（おうざん）―凹山は羅山僧正三宅英煕（えいき）の号。三宅英煕はこの石碑の文章と字を書いた人。英煕については三二頁以下参照。

☆賀茂茂樹（かもしげき）―竹尾茂樹のこと。一八〇六〜一八六五。繁樹、重樹と書いたものがあり、正久の父親。慶応元年（一八六五）に六十歳で亡くなる。賀茂神社の神主で、平田篤胤門の国学者。

☆草鹿砥宣隆（くさかどのぶたか）―一八一八〜一八六九。砥鹿（とが）神社の神主で、平田篤胤門の国学者。明治元年に京都皇学所御用係になるが明治二年に急死してしまう。著書に『旋頭歌抄』『祭典略』『葬祭記略／同批評／祠堂祭儀／同批評』『古言別音鈔』などがある。

☆野々口隆正（ののぐちたかまさ）―大国隆正のこと。一七九二〜一八七一。出（で）は今井氏。石州津和野藩士で勤王家。村（むら）田春門（たはるかど）、平田篤胤門の国学者。脱藩したとき「野之口」に改姓。「野々口」とも表記される。著書に『文武虚実論』『本教神理説』などがあり、『増補大国隆正全集』（全八巻、国書刊行会）がある。

☆西尾旧藩士女―江戸時代の最後、西尾藩は松平氏が領主。その元藩士松平親方の妹を正久は継室

竹尾正久墓の裏面
（「明治三十七年七月二十二日卒」とあり、右に「明治十年十一月九日卒」とあるのは前妻れきの没年）

権中教正竹尾正久墓

としているが、那賀山乙巳文著『賀茂縣主竹尾家と其一族』に「室　れき　渥美郡田原藩士福島某ノ女　明治十年十一月九日卒去」とあるので、この西尾旧藩士女（小笹という）とは明治十年以降の再婚である。

☆修道館―ここは三河県修道館をさす。明治二年、羽田八幡宮の神主・羽田野敬雄（一七九八～一八八二）が学頭となり国学を教えたが、正久は賀茂の分校で教授したという。

☆石巻神社―豊橋市石巻町字金割にある神社で式内社。祭神は大己貴命。正久は明治十七年に石巻神社の祠官になっている（『愛知県　精髄　八名郡誌』大正十五年初版。二〇〇〇年復刻版、一一六五頁）。

☆牟呂八幡―豊橋市牟呂町郷社にある神社。祭神は八幡神（誉田別尊＝応神天皇）。正久は石巻神社と同時期に祠官をしたとすれば、明治十七年頃のことと思われる。

☆大社教会―千家尊福が明治六年に作った教団。教派神道の神道十三派の一で、今の出雲大社教。

従五位下大和守竹尾茂樹墓
（左側面に「慶應元年十一月十八日卒」とある）

☆権中講義—明治五年から十七年にかけての教導職の一。半官半民の組織だったようで、廃止された後も慣用的に存続していた。十四の階級のうち、十級の位。
☆教文二省—教部省と文部省のこと。教部省は明治五年三月十四日（一八七二年四月二十一日）から明治十年一月十一日まで存在した。太政官制度のもと国民教化の目的で設置された中央官庁組織。文部省は今の文部科学省の前身。
☆羅山（らざん）—財賀寺の山号「陀羅尼山（だらにさん）」の「羅」からとった号だと、財賀寺の現住職・西本全秀師が教えてくれた。三宅英熙は凹山という号もある。
☆大伴橘翁（おおともきつおう）—寺部宣光（てらべのぶみつ）のこと。『近世近代東三河文化人名事典』（同編集委員会、平成二十七年）に「文化八年（一八一一）~明治十五年（一八八二）。国学者・歌人・神官。宝飯郡八幡（ほい）村（豊川市）八幡宮神主大伴家に出生。初名、喜代次郎のち宣光。初め吉田藩士中山美石（なかやまうまし）に学び、その没後に遺文集『梅園文集』を宮路恒雄（みやじつねお）と共編。天保三年（一八三二）に羽田野敬雄の紹介で平田篤胤に入門。維新後は橘翁の名を用い、墓碑も『大伴宿祢橘翁』と刻す」とある。正久の叔父。明治元年から赤坂宿の杉森八幡宮他の神職も勤めている。明治十五年没なので正久を三宅英熙に紹介したのはそれ以前だろうが、三宅英熙が財賀寺の住職になったのは明治二十五年だし、宝飯中学校に訓導として赴任するのも明治十六年なので、大伴橘翁が竹尾正久をつれて三宅英熙にひきあわせたのが何時のことかわからない。「始め余、南紀より帰り羅山に寓すること半歳なるべし」とあるので、三宅英熙は高野山で修行を終えた後、財賀寺にいたことがあったのかもしれない。
☆參河歌集—『類題三河歌集』上下二冊、表紙裏に「賀茂正久大人輯、松塢亭（しょうおてい）蔵板」とあり、序は村上忠順、凡例は正久、本文は上五十六丁、下五十三丁の大冊で、あとがきは「七十翁栄樹園主、羽田野敬雄」、奥付に「竹尾中務輯、書肆　三河新堀　深見藤吉」とある。歌は四季と恋、雑、旋頭歌、長歌、文章に分けられている。なお、岩瀬文庫にはもう一冊『類題三河歌集　全』が所蔵されていて、これは昭和四年十月に岡崎の神谷眞琴が「三河歌集」の続編として編集したもので、序文を東北帝大の宇井伯寿が書いている。その付録に「前の三河歌集は賀茂正久催主となり、文久三年（一八六三）四月詠草蒐集に取りかかり、村上忠順の序には慶應二年三月と記せるも発行の年月日は不明なり。恐らく慶應三年ならんといふ人あり。以て當時歌集発行の如何に困難なりしかを察するにあまりありといふべし。左に當時の歌人名摘録し、以て諸君の参考に資す」と記してある。『類題三河歌集』の奥付に発行年が書いてないのが問題である。

☆詠史歌集―原田直茂編の『皇國詠史歌集』のことだろうが、正久は校閲しているのみで編集にど

竹尾正久墓の左側面
（「後妻　松平小笹子墓」とある）

れだけ関与したか不明。

☆笹登自（ささとじ）─正久の継室、竹尾小笹子のこと。那賀山乙巳文『賀茂縣主竹尾家と其一族』に「小笹。幡豆郡西尾錦城町の松平親妹（ママ）。明治四十二年七月二十日卒去」とあるが「松平親」は「松平親方」の誤り。和歌を作り、『随園月次集（つきなみしゅう）』に六首採られているし、その他の「月次集」にも多くの歌が採られている。

☆砥額（びんがく）─砥は珉と同じ意味。珉は玉の一種で、ここは立派な石を碑とした意。

☆銘─一句の字数が四文字の四言詩（しごんし）。功績を記すのに多く四字句からなり、偶数句末で押韻する韻文で書かれる。この銘は偶数句末の開・回（上平韻の「灰」の韻）、氏・祀（上声「紙」韻）、和・亜（去声「箇」と去声「禡」の通韻）と、六字句の倚・祉（上声「紙」韻）で韻をふんでいる。

☆三宅英煕（みやけえいき）─文政十二年（一八二九）四月八日〜明治四十三年。財賀寺住職。明治二十五年から明治四十三年に八十二歳で遷化するまで住職をしている。

第二章　竹尾正久の絵姿

豊橋の東田町（あずまだ）に住んでいた郷土史家の那賀山乙巳文（なかやまおとみふみ）（一九〇五〜一九七〇）という人がいる。昭和の戦前から戦後にかけて東三文化研究會という会を主宰し、三河地方のことを調べて書物にして出版している。その一冊に『賀茂縣主竹尾家と其一族』（昭和十年〈一九三五〉）という本がある。その中に「竹尾正久翁と其の筆蹟」と題した絵が三八頁と三九頁の間に載せてある（次頁の絵）。

頭に立烏帽子（たてえぼし）をかぶり服装は狩衣（かりぎぬ）姿だから、神職の恰好である。立派な白髭をはやし、鼻筋の通った威厳のある絵である。白髭の長さからみて晩年のものではないかと想像される。この絵がいつ描かれたものかわからなかったのだが、推測できる資料がみつかった。

詠進歌集の肖像

それは明治二十六年（一八九三）の宮中歌御會始に竹尾正久が歌を詠進したことにまつわる歌集にあった。宮中歌御會始とは今も正月十日頃宮中でやっている歌会始（うたかいはじめ）のことで、明治二十六年のお題は「巖上龜」であった。「岩の上の亀」について歌を作れということで、全国から募集されたので、それに応募したのだろう。ただ、正久翁の歌はこの年の一月十八日の歌会始の預撰（よせん）歌六首に選ばれなかったので、明治天皇の御前で披露されたわけではない。

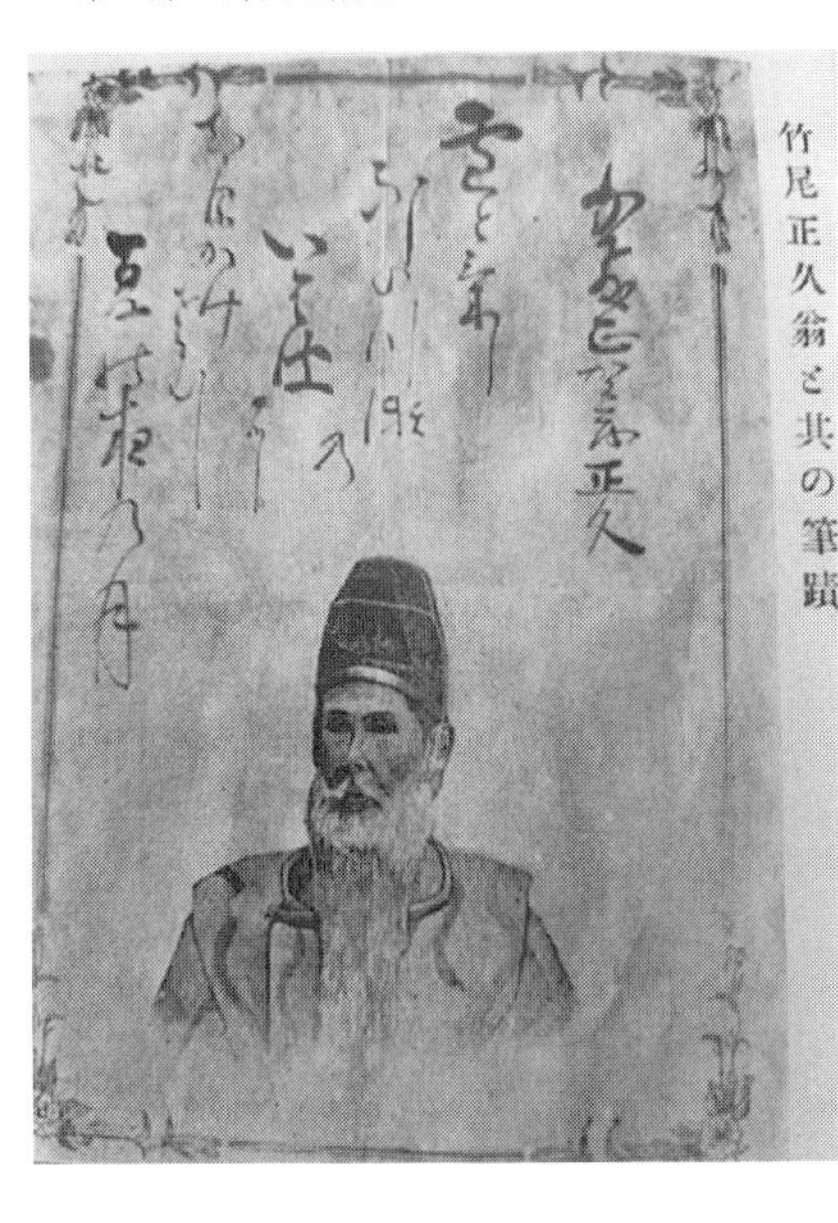

竹尾正久翁と共の筆蹟

ところが、翁の詠進歌は橘道守（みちもり）（一八五二～一九〇二）という人が主宰する椎本唫社（しいもとぎんしゃ）が選んだ特撰歌に選ばれた。それで橘道守の編輯した『新年勅題　詠進歌集七編　全』（明治二十六年六月印行、国立国会図書館蔵）と

いう冊子に載ったわけである。その冊子の巻頭に「特撰歌作者肖像」が掲載されている（上の絵）。

この冊子の最初に、特撰に選ばれた十一人と編者の橘道守の計十二人の肖像がある。そこに「本肖像ハ寫眞ヲ複寫彫刻セシ本社出版ノ肖像十人一首中ヨリ轉載セシナリ」と書いてあるから、写真から複写彫刻したのだろう。前頁の絵と明らかに同じ絵である。これにより、この絵は竹尾正久の明治二十六年頃の姿を写したものとわかる。

正久の歌を特撰にしたのは「松廼門三艸子大人撰」（松廼門三艸子〈一八三二～一九一四〉本名小川みさ、歌誌『しきしま』撰者）とあるから、松廼門三艸子という女性が選んでいる。選ばれた歌は、

うこきなきおのころ島のいはとこに神代のかめや今もすむらん

（動くことのないおのごろ島の岩床に神代の亀は今も住んでいることだろうか）

というもので、「三河國八名郡賀茂村　随園社社長　竹尾正久」と肩書が書いてある。

「おのころ島」とは『古事記』『日本書紀』の神話にイザナキノミコト、イザナミノミコトが国生みする時、天の沼矛を海に下し、かき回し持ち上げ、滴り落ちた潮が積もって島になったもの。

明治二十六年の一月十八日に開催された「歌御會始」の預撰歌には選ばれなかった。預撰歌は官報第二八六六五号に六首記されているが、それにはない。当時も預撰歌に選ばれることはとても名誉なことだったらしく、選ばれた名古屋の人など記念碑を造るほどだったらしい。正久翁としては残念だっただろうが、橘道守が編輯した『新年勅題　詠進歌集七編　全』に選ばれたわけである。ちなみに、この年の明治天皇の御製は、

うこきなき秋つしまねのいわの上によろつよしめてかめはすむらん
（動くことのない日本列島の岩の上に何万年にもわたって亀が住んでいることだろう）

という作で、天皇らしいスケールの大きな歌である。明治天皇の歌のうまさは定評がある。一方、正久の歌は、明治天皇の歌と似た発想だけれど、日本神話をふまえた国学者で神主らしい歌といえよう。

竹尾正久の生没年

竹尾正久の生没年を、那賀山乙巳文『賀茂縣主竹尾家と其一族』は「天保十五年三月廿八日」に生れ、「明治三十七年八月二三日」に享年七十二歳で亡くなったとある（一八頁）。しかし、これでは享年七十二歳にならないので、碑文の「天保五年三月」生れが正しい。

一方、没年の月日を、碑文は「明治三十七年八月二十二日」に亡くなったと書いてあるが、那賀山乙巳文氏の前掲書は「八月二三日卒去」とある。墓石の没年は「八月二十三日」とあるので、墓石の

日が正しく碑文が誤っているのだろう。たった一日の違いだが、資料は正確を期す必要があるので、確認しておきたい。

正久の肖像の絵に描かれた文字をどう読むか。はじめ「加教正賀茂正久」とよんで、「教正を加えられた」と解した（『賀茂文化』四八五号）が、松阪市の本居宣長記念館の前館長・吉田悦之氏から、この題の字は「少教正賀茂正久」ではないかと教えていただいた。たしかに「教正を加えらる」という読み方は受身で読むことになるので、題としては「少教正」と読むほうがいい。

この「少教正」という名称は、語釈にも書いたが、明治五年、教部省に置かれた十四階級の教導職に由来する。教導職の十四階級とは大教正、権大教正、中教正、権中教正、少教正、権少教正、大講義、権大講義、中講義、権中講義、少講義、権少講義、訓導、権訓導というものの一つだが、この制度は明治十七年に廃止されている。

だが、名称の方はその後も神社や教派神道などで慣習的に使われている。正久の場合は、神道大社教会で使われていた階級名である。翁は神道大社教に所属していた。神道大社教（現出雲大社教）は千家尊福が明治十五年に作った教派神道の教団である。

正久が「少教正」になったのは明治二十六年だということが、この絵からわかった。碑文に、明治二十一年十月に大社教会の権中講義（十級）になったと書いてあった。絵姿が「少教正」のときだとすると、この五年間に十級から五級の「少教正」まで五階級進んだことになる。

正久が亡くなった明治三十七年八月には四級の「権中教正」になったと記してある。明治二十六年から十一年経って権中教正になったわけである。ただこれは没年のことだから特別な配慮があったかもしれない。

島根県の出雲大社の社家は、江戸時代まで千家家と北島家が国造家になっていたが、明治になって一神社一社家にされたとき、千家家だけが宮司家だと決められた。今出雲にゆくと出雲大社にだけお参りする人が多いが、右手に出雲大社北島国造館があるので、両社に御参りすると良い。

この千家家の千家尊福という人が神道大社教、今は出雲大社教という教派を作った。一方北島家は出雲教という神道教団を作っている。

千家尊福の題吟

次頁の上は写真で、下のは平成二十九年（二〇一七）十一月二十五日に河合荘次氏にとっていただいた拓本の題吟の部分である。

万葉仮名が混ざっていてわかりにくいので書きなおすと、

尽くしけむ　あとをし見れば　石文（いしふみ）に　書きつくされぬ　功（いさお）多しも

となる。色紙にでも書いてもらったものを基に、石碑にほったのだろう。題額に和歌の題吟を掲げた碑は珍しい。万葉仮名を交えた分かち書きが流麗な文字で彫ってある。意味は「竹尾正久翁の、やりつくしただろう一生を見てみると、この石碑に書きつくすことが出来ないほど多くの功績がある」で

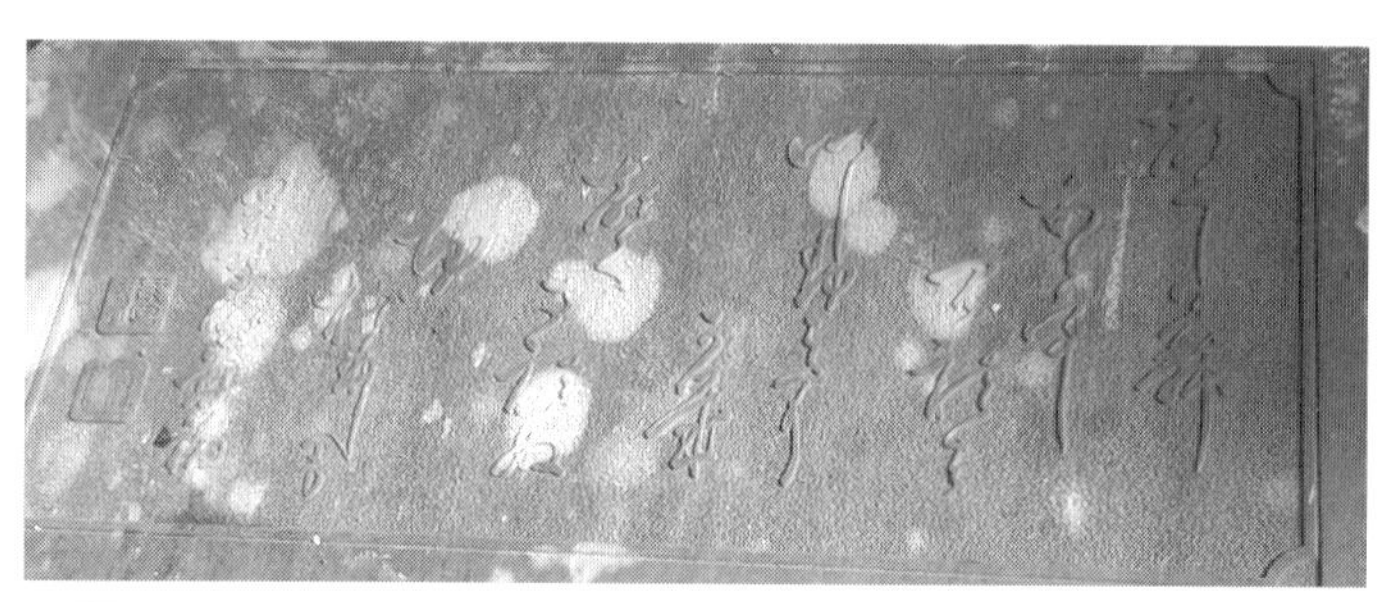

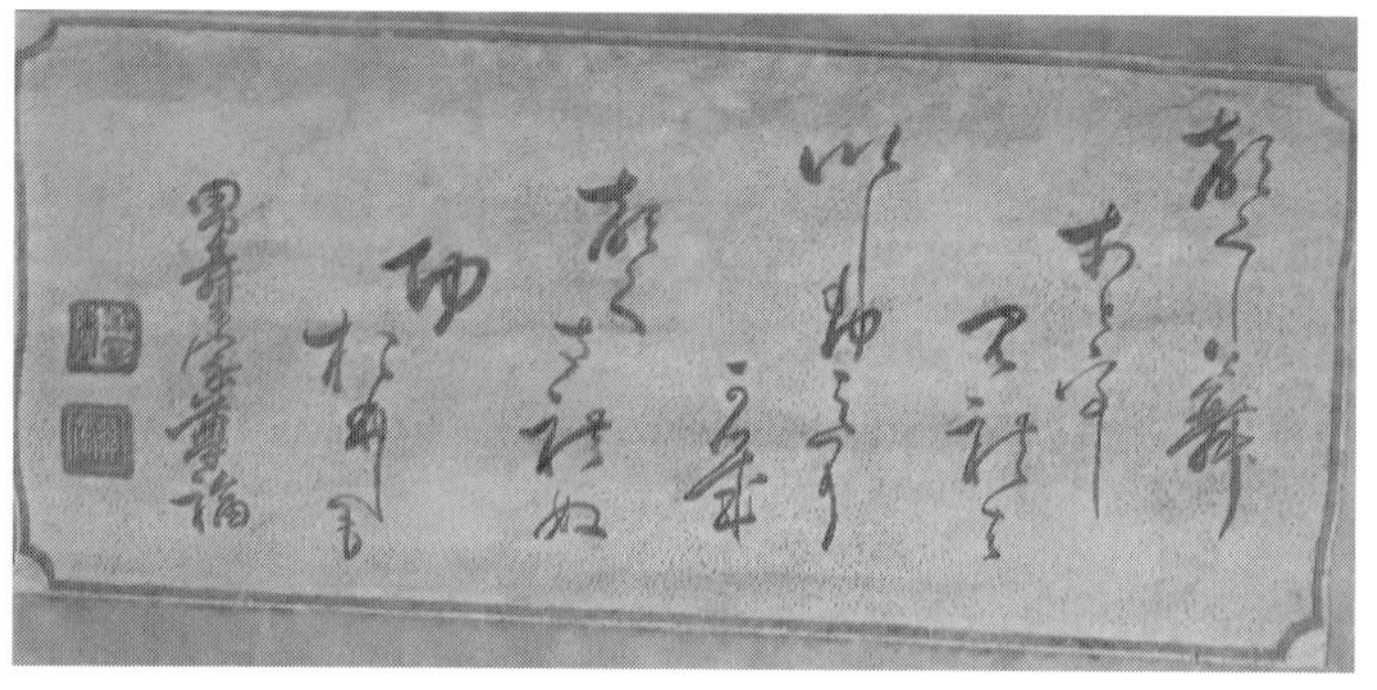

都くしけ舞
あと乎し
見禮は
いしふみに
可幾
都くさ禮ぬ
功
おほしも
男爵　千家尊福

ある。

日本にはもともと文字がなかった、中国から漢字が伝えられて片仮名、平仮名が生まれるが、その前に日本語を漢字で書いた時期があった、その中で、特に『万葉集』は歌を書くのに漢字の音を利用して日本語を書いたので、万葉仮名という。

題吟を書いた千家尊福は、弘化二年（一八四五）出雲国造家に生れ、明治五年第八十代出雲国造となる。明治六年出雲大社敬神講を組織し、明治十五年一月神官の布教活動を禁止する神官教導職分離令により、出雲大社宮司を辞す。明治二十一年伊藤博文の推挙により元老院議官となり、明治二十三年に貴族院議員、明治二十七年埼玉県知事、明治三十年静岡県知事、翌明治三十一年に東京府知事となり、明治四十一年まで十年間ものあいだ在職し、西園寺内閣の司法大臣になったとある（出雲大社教教務本庁『千家尊福公』〈一九九四年〉。岡本雅享『千家尊福と出雲信仰』〈二〇一九年、ちくま新書〉）人である。

千家尊福の写真

千家尊福は、竹尾正久が権中講義になった明治二十一年には元老院議官で、正久が亡くなった明治三十七年や、碑が作られた明治三十九年頃は貴族院議員、東京府知事である。その時正久の碑文の題吟を依頼したことになる。

ただ、二人の伝記を見比べても、どこでどういう繋がりがあったかわからない。神道大社教の関係から正久のために題吟を書いただろうとは推測できる。ただ個人的には神道大社教だけの繋がりでなく、和歌の交流で知りあったとみたい。竹尾正久の歌の力量を千家尊福が知っていて高く評価していたのではなかろうか。

竹尾宗家系図

肖像画で「賀茂正久」と名乗っているのはなぜか。竹尾でなく賀茂と名乗るのは、単純に考えると、正久の生家・竹尾彦太夫家は代々賀茂神社の神主家で、父親は竹尾茂樹（一八〇六〜一八六五）である。正久はその次男。長男は竹尾茂穀（一八三〇〜一八八三）といい、明治になって茂と改名するが、明治四年には賀茂神社訓導兼祠官になっている。正久も後に石巻神社と牟呂八幡宮の祠官になる。つまり代々賀茂の神主家であり、八名郡の賀茂に住んでいるという意味で「賀茂正久」と名乗ったということができる。

しかし、竹尾家の系図をみると、竹尾家の遠祖は「賀茂男床縣主」で「山城國賀茂宮禰宜廣友」だとある。そのことを意識して名乗っているとしたら、もっと深い意味があるとしなくてはならない。

那賀山乙巳文氏の前掲書に竹尾家の系図が詳しく書いてある（一頁）。遠祖の十六代目が竹尾家始祖の成治で、「竹生兵庫頭、三河國加茂郡上郷竹生村ニ入リ初メテ姓ヲ竹生ト號ス」と注記してあり、その二十四代目の重吉が「賀茂竹尾家遠祖」で、「享禄年中八名郡賀茂村ニ入リ賀茂神社ニ奉仕ス」「天正四丙午年七月卒去」「法名　楓岸禅林」とある。

享禄年中は一五二八年から一五三二年である。天正四年は一五七六年だ。つまり戦国時代に竹尾氏は賀茂神社の神主となっている。そのころ加茂郡上郷（かみごう）村（現豊田市）から移ってきている。

重要なのは重吉の孫の茂家（しげいえ）で、「彦太夫　茂久の長男」「慶長八年（一六〇三）九月十一日京都伏見ニ於テ徳川家康公ヨリ御朱印百石ヲ受領ス」「法名　灑庵道薫　元和七年辛酉年（一六二一）十一月十五日卒去」とあり、この茂家によって賀茂神社が百石の朱印を拝領できた。茂家は賀茂神社にとって中興の祖といえる。

このように系図をみてくると、竹尾氏は京都の上賀茂神社の禰宜の賀茂氏につながる家柄で、賀茂と名乗るのは自家のアイデンティティを現すことだから、こう書いたとみるのがいいだろう。

正久の絵姿の歌

次に、絵姿の上に書いてある歌（二三頁）は次のように読める。

雪と気し
　ふしの川瀬乃
　いは波耳
ちるかけさむし
　夏の夜の月

これも万葉仮名をまじえているので、書きなおせば、

雪融けし、富士の川瀬の岩波に、散るかげ寒し、夏の夜の月

となる。意味は「雪が融けた富士山の川の瀬の岩に波が飛び散るが、その波に夏の夜の月の光が寒そうに映っている」となる。富士山の川に映る夏の月を実際に見ながら詠んだわけではなく、イメージとして表現している歌だ。「月」という体言止めになっており、七五調のリズムだから、万葉の五七調ではない。むしろ古今集以来の伝統的な歌の作り方である。

平成二十七年に未刊国文資料刊行会から出された『近世近代東三河文化人名事典』にも正久のことを、「八名郡賀茂村竹尾茂樹の次男。初名、勝之助。通称、中務。号、隨園。草鹿砥宣隆に就いて二〇余年神道と万葉詞学を学ぶ」と書いてある。宣隆に学ぶうちに和歌の才能を開花させていったのだろう。だが和歌制作については必ずしも万葉調を目指していないのかもしれない。

第三章　碑文の作者・三宅英熙

竹尾正久の碑文を書いた羅山僧正・三宅英熙とはどういう人だろうか。碑文には正久翁が叔父・大伴橘翁に伴われてきて、一度会ったら旧知のようで、数句を唱和し合ったと書いてあった。この時、和歌の応酬をしたのだろう。その後、十五、六年は交流しなかったが、三宅英熙が陀羅尼山財賀寺の住職になった後のある日、正久翁が財賀寺にやってきて再び交流するようになり、春の桜の花や秋の楓の紅葉のころには、酒と詩歌の交歓を楽しんだとある。

二人を結びつけたのは寺部阿波守宣光だった。宣光は幕末になって大伴橘翁と名を変えているが、宝飯郡八幡村、今の豊川市八幡町の八幡宮の神主で、正久の母親・壽子の弟である。文化八年（一八一一）の生れで明治十五年（一八八二）三月十七日に亡くなっている。

ただ、正久と三宅英煕との最初の出会いが何時のことなのか分からない。三宅英煕が南紀から帰り、陀羅尼山財賀寺に来て半年ほど経ったある日、二人が訪ねてきたとあるが、三宅英煕が財賀寺の住職になったのは明治二十六年六十四歳の時である。その時には大伴橘翁はとうに亡くなっている。二人の出会いは明治十五年以前でなければならない。どうやら碑文の記事は記憶違いか、何か韜晦することがあるように思われる。

三宅英煕について

そこで、財賀寺に行き、現住職の西本全秀師に三宅英煕について聞いた。財賀寺には三宅英煕の写真や資料が保存されており、その逸話も伝えていた。

三宅英煕は財賀寺第十八世法印で三宅均といい、凹山と号す。遠州引佐町（現静岡県浜松市北区引佐町）栃窪の岩間寺で出家し、高野山で修行し、真言宗の僧となる。明治の神仏分離により、東京で神職の資格を得て神主になった。浜松で教員をしていたこともあったが、財賀寺には晩年になって住職になり寺の復興に尽力した。豪放で金銭に無頓着なところがあり、檀家からもらってきたお布施を、乗ってきた人力車の車夫に包みのまま渡してしまう人だったとのこと。

浜松市立図書館で『雄踏町郷土資料部報』第三四号（一九九九年一月）や『雄踏町史資料編四』（昭和四十七年〈一九七二〉刊一六〇～一六一頁）を閲覧すると、さらに詳しく知ることができた。

三宅英熙は本名を三宅均といい、今の浜松市細江町刑部の内山庄右衛門の二男として文政十二年（一八二九）に生まれた。四歳で同町橡窪にある岩間寺に入り、十八歳より二十五歳まで高野山で修行を重ね、京都に於いて三宅凹山の「姓」と「号」を受けて帰郷（倉橋穂長「雄踏小学校初代校長　三宅均先生略歴」）、嘉永六年（一八五三）より岩間寺第十四代目住職となり、丹妙と名乗る。この頃、岩間寺塾を開き、渭伊神社神主山本金木（一八二六～一九〇六）と交流する。

後、還俗して三宅均と改名し、神職補任になった。明治三年堀江藩儒官となり、その時口述した『神武天皇御伝記』は雄踏小学校から刊行されている。明治四年四十三歳で雄踏郷学校「斅半學舗」の教授に招かれ、さらに明治九年十一月雄踏校を退任して浜松瞬養校、通称「大手学校」に転任した。明治十六年九月、五十五歳で三河の宝飯郡宝飯中学校に監督訓導、明治二十年四月より豊川市国府小学校の訓導となり、明治二十五年六十四歳まで子弟の教育にあたった。明治二十六年に妻子を実家に帰し、財賀寺に入った。

僧侶が妻帯してよくなったのは明治五年四月二十五日の太政官布告百三十三号で妻帯肉食蓄髪が許されたのがきっかけだから、明治二十六年には妻帯していてもよかったはずなのに、妻子を実家に帰したということは並々でない決意だとわかる。

三宅凹山師が書いた碑文

そこで財賀寺を再訪し、西本全秀師に三宅均の資料を見せていただいた。『引佐町史』に引く写真などの他に次の拓本を拝見した。

1、「陟屺瞻望碑」明治二十五年八月、「参陽陀羅尼山僧凹山三宅熈（ママ）撰、駿河静岡松塘　小泉謙吉書」とあり、文章は三宅均。

2、「鈴木重幹之碑」鈴木亀松の碑。「明治三十八年九月、羅山主人撰、砥鹿神社禰宜・久野輝彦書」とあり、これも文章は三宅均。

3、「小島延佐一代記」これは「明治三十八年十二月二十七日」「羅山僧正英熈撰文幷書」とあるので、文章と書の両方とも三宅均。

4、「商利嶹矢岩翁碑」明治三十九年一月とある。これは山口浅蔵の碑で、「羅山僧正三宅英熈撰文幷書」とあり、文章と書の両方とも三宅均。

5、「浦野寛寶」の碑、「明治三十九年一月、三宅英熈撰文幷書」とあるので、同じく文章と書の両方を書いている。

更に『豊橋市史』別巻（豊橋市史編集委員会、平成三年〈一九九一〉）には、三宅英熈が撰文した碑として「前田伝次郎碑」（東細谷町の医王寺。一五八頁）と「佐野重作碑」（新吉町の龍拈寺。三一〇頁）の記載がある。いずれも明治三十四年に建碑したとあるので、財賀寺の住職になって九年目に頼まれて書いたものらしい。また、「竹本元僳翁碑」（宝飯郡御津町　新宮山）を明治四十一年に撰文している（金石文担当委員会編『三河国宝飯郡地方金石文集』愛知県宝飯地方史編纂委員会、昭和三

三宅英煕（『凹山偈荊鈔』より）

三宅均（豊川市　財賀寺蔵）

十三年、九五〜九八頁）。

これをみても、漢文で碑文が書ける人として定評があったから、このように次々と依頼されたのだろう。

三宅英煕の肖像

上右の写真は『引佐町史』下巻（五三頁）にある三宅均（英煕）の写真である。元は凹山三宅先生の八一歳の賀筵を明治四十二年十月三十一日に弁天島の茗荷屋で開いた時の記念写真から切り取ったもの。

また凹山師は漢詩を多く作っていて『凹山偈荊鈔』という詩集が豊橋市立中央図書館にある。その巻頭に上左の写真が載せてある。こちらのほうが全体像がわかっていい。

さらに三宅均について、『浜松市史』、『引佐町史』下巻（若林淳之執筆）、『雄踏町誌資料編』四、『雄踏町郷土資料部報』三五、一四二、二一四号他、『三河最初の中学校』（武田三夫、山田東作著、昭和五十年、豊橋文化協会）などの諸書にも記事があった。

　これらから、三宅均が七歳で出家したのは細江町気賀の長楽寺だったこと、栃窪の漢学者・峯野伴五郎について漢学を学んだことなどがわかった。

三宅均の復飾

　三宅均は幕末から明治にかけて時代に翻弄された人で、ここに『栄樹園聞見類集』神職之部という資料がある。その中に「社家寺院制法　其他」（羽田文庫）というのがあり、次の記事がある。明治二年の三宅均の復飾（還俗）の記事である。

　これを活字に直すと、

明治二巳十一月
　宜以内山純煕補遠江國引佐郡栃窪村白山社及二社神主職事
右歸正令以古道神勤之条神妙候也因之補件社職畢彌致欽肅之誠可令潔清於社頭者也
　明治二年十一月（神祇官印）　　神祇官

　奉願上候口上之覺　　シツヲカ藩印
一私儀昨辰年十月於三河縣復飾之上神勤仕候様被仰付難有仕合ニ奉存候
猶神職之義ニ付更ニ御許状頂戴仕度候何卒格別之御憐愍を以御許状被為成下候様偏ニ奉願上候以

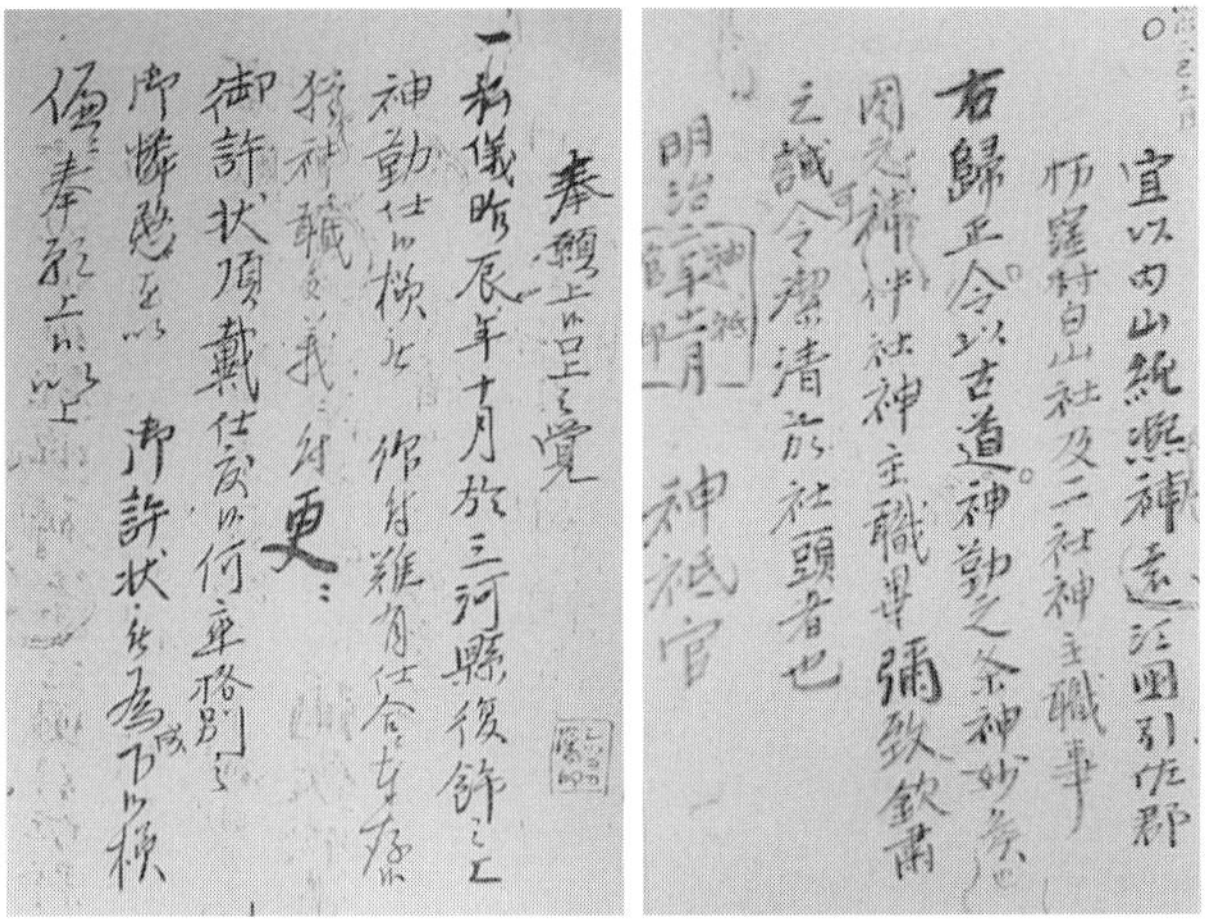

上

遠｜｜

白山六所三嶽

三社神主

三宅均〇

内山純熙（花押）

明治｜｜｜

神祇官

御役所

上包也　新補許状　三宅均

三宅均

御用之儀新条明十八日巳刻礼服着用ニ而當官江出頭可
有之者也

神祇官

（以下省略）

となる。これは公文書を書き写したものだが、さらに

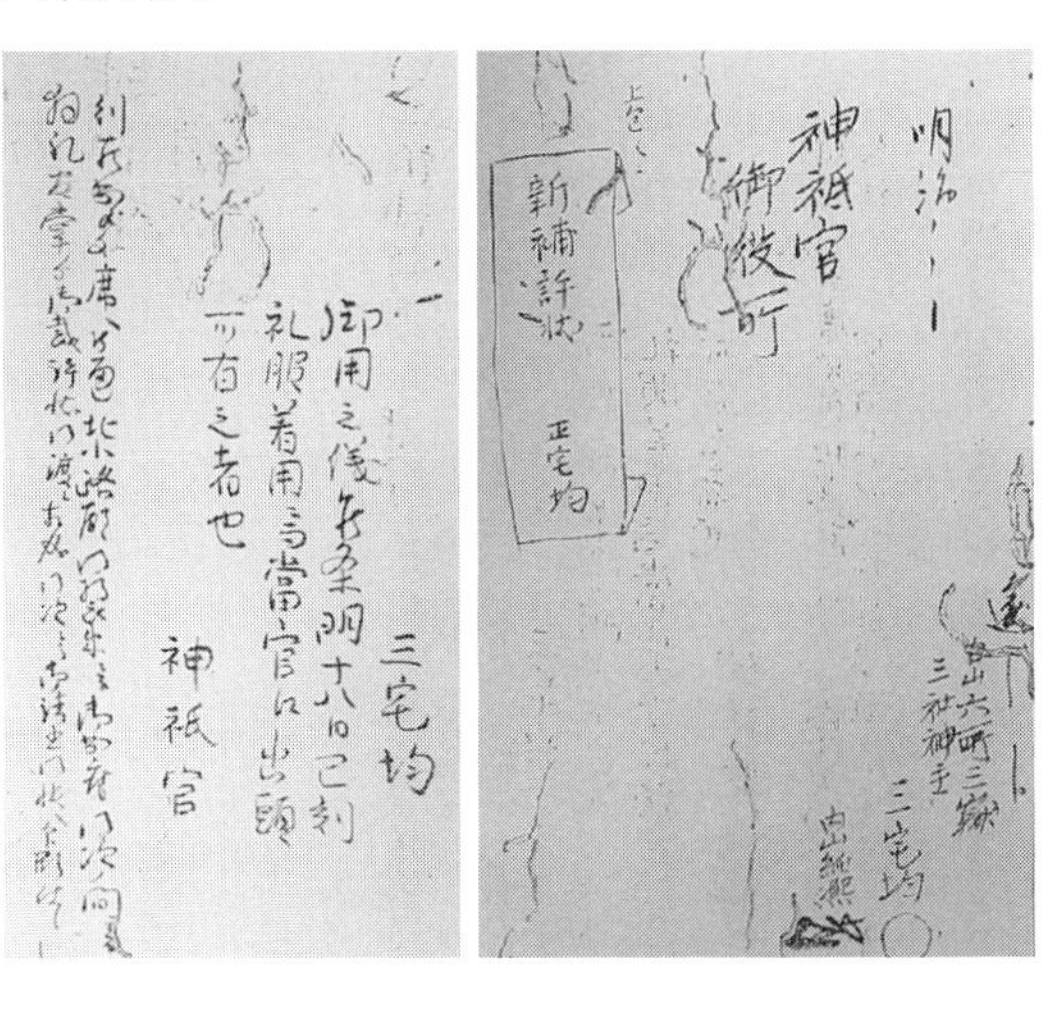

読みやすく直すと、

明治二巳十一月（この書き込みは羽田野敬雄のものだろう）
　宜く内山純熙を以て遠江國引佐郡栃窪村白山社及び二社の神主職に補すべき事
右、歸正、古道を以て神勤せしむるの条、神妙に候なり。これに因り件の社職に補し畢ぬ。彌いよ欽粛の誠を致し、社頭に潔清せしむべきものなり。
　明治二年十一月（印）　神祇官

　願い上げ奉り候口上の覚　　シツヲカ藩印
一私儀、昨辰年（一八六八）十月、三河県に於いて復飾の上、神勤仕り候よう仰せ付けられ有り難き仕合せに存じ奉り候
猶ほ神職の義に付き更に御許状頂戴仕り度く候、何卒格別の御憐愍を以て御許状成させ下され候よう偏に願い上げ奉り候、以上

遠 ｜ ｜
白山六所三嶽
三社神主
三宅均〇
内山純熙（花押）

明治 ｜ ｜ ｜
神祇官
御役所

上包なり
新補許状　三宅均

御用の儀、新条明十八日巳刻、礼服着用にて当官へ出頭これ有るべきものなり
三宅均
神祇官

となる。

これは羽田野敬雄が原本から写したものだから、原本を見ることができれば、さらにはっきりするだろうが、『引佐町史』下巻で執筆者の若林淳之氏は、このことについて、本人が還俗するのはいいが、岩間寺が持っていた石高を白山社に移して廃寺にし、仏像も別の寺に保管させたといって批判的に述べている（五七〜七〇頁）。

僧侶になるのは肉親から別れて、仏門に入ることだから、それをまた俗世に戻ることは簡単ではなかろうし、還俗を役所に届けた資料として珍しい。江戸時代は寺が人々の戸籍を管理して過去帳に記録していたから、役所の機能を果たしていた。その僧侶が還俗して神主になったわけである。慶応四年（一八六八）三月から明治元年十月に出された一連の神仏分離令の影響だろう。

三宅均のその後

明治二年一月八日、三宅均（元の名を内山純熙という）は復飾のために上京したり、三河県に岩間寺（六石）を廃寺にして白山社領にするよう願い出る。それは岩間寺の僧侶から白山神社の神職になる願書を意味する。

それから三宅均は明治三年、新しくできた堀江藩の儒官、明治四年の廃藩置県で浜松県田園地検調査の帳簿書記、明治五年九月雄踏町に斆半学舗（こうはんがくほ）という学校ができた時、訓導となっている。訓導というのは戦前の学校の先生のこと。それから教職を歴任してゆく。学問が身を助けたといえるだろう。

明治六年中学教授試補。この年『神武天皇御伝記　全』を口述し十一月に宇布見小学校から刊行。明治七年中等訓導。明治九年十一月、浜松元城（もとしろ）に大手学校（浜松瞬養校）ができ転任している。

ここに同僚として渋江保（しぶえたもつ）（一八五七〜一九三〇）が監督として着任してくるが、渋江はすぐ東京に帰り慶應義塾で学んだ後、明治十四年愛知県三河の宝飯中学校創設に伴い校長として赴任する。ただ、渋江は明治十六年二月十六日に辞任し東京に帰る。あわただしい異動ぶりである。

この渋江保は渋江抽斎（ちゅうさい）の子である。森鷗外に『渋江抽斎』という小説がある。三宅英熙とは浜松の中学校で同僚だったから知っていたことは確かだが、親しかったかどうかは不明。英熙より二十八歳年下である。

渋江保と三宅均が浜松中学校で同僚となり知り合いだったことが、渋江が明治十六年二月に東京に戻った後、同年三月二十日に三宅均が宝飯中学校助教諭として赴任する縁になっただろう。浜松中学校から宝飯中学校に転任するのは、同じ中学校とはいえ住居も変わるのだから、三宅は奥さんの了承を得ただけでなく、渋江保か、誰かの推挽がなくてはならない。この時、三宅均は五十四歳である。

三宅均が宝飯中学校に赴任した明治十六年には、大伴橘翁は前年没しているので、この時正久翁と知り合っているのではない。もっと以前からの知り合いのはずだ。大伴橘翁は宝飯中学校の三等助教諭となっているが、ここで三宅均と出会ったのではないし、むしろ以前からの知り合いで、旧知の三宅を大伴橘翁が宝飯に来るよう誘ったかもしれない。

しかし、この宝飯中学校は明治二十年三月に廃校となる。一県一中学という施策のためというのだが、どういう事情が背景にあったのだろうか。宝飯中学校はそのまま宝飯郡立第一高等小学校となり、三宅均は監督訓導となっている。この学校は明治二十五年に組合立国府高等小学校と名称が変わってゆく。

翌明治二十六年、当時の宝飯郡長の竹本元僕（もとすぐ）（一八三九～一九〇五）の紹介で三宅均は財賀寺住職となる。その時、妻みちよと二人の娘、はつのとなかえを細江の竹田賢蔵方に帰し離縁したという（『雄踏町郷土資料部報』二一四号）。再度、仏門に入る上での決意のほどがうかがえる。

三宅均が明治二十六年に財賀寺住職になって、竹尾正久との交流が再開された時から十五、六年前というと、二人の最初の出会いは明治十年頃でなくてはならない。その頃、何かの用事で三宅均が高野山に行き、帰ってきて半年ほど財賀寺にいたことがあったのかもしれない。ただ、その資料は今のところ見当たらない。こうみてくると、二人の出会いはいつのことかわからず、碑文は記憶違いだったようにも思われてくる。

山本金木の日記

正久が若いころ遠州に足をのばしていることは、三宅均の親友・山本金木（かねき）（一八二六〜一九〇六）の『山本金木日記』から窺える。安政四年（一八五七）十二月二日の記事である。

　二日、天気。三州賀茂郡神主二男来ル。朝薪わり、九ツ比（ころ）より晩迄（まで）賀茂神主と咄し致し日暮ス。
　三日、雨。桑名先生へ書状差出ス。朝かきねゆい。晩岩間寺へ遊びニ行。
　（引佐町史料第十二集『山本金木日記』昭和五十五年、引佐町教育委員会、五一頁）

ここにある「三州賀茂郡」は八名（やな）郡の誤りで、これは賀茂村のことだろう。「二男」とあるのは、賀茂神社の神主家の二男であり、竹尾正久を指す。「九ツ」は十二時だから昼から夕方まで語り合ったわけである。翌日の三日の晩に金木は岩間寺に行き、当時丹妙（たんみょう）と名乗っていた三宅均のところに遊びに行っている。三宅均に正久を紹介したとは書いてないが、話題にした可能性はある。

山本金木は賀茂真淵の子孫で、遠州浜名郡宇布見（うぶみ）村の金山神社の神主家に生れ、引佐の正八幡宮（渭伊（いい）神社）の山本家を継いだ。このとき正久が訪ねたのはこの神社だろう。渭伊神社と三宅英煕のいた岩間寺は近く、二人は相当親しかった。金木は明治になって宗良（むねなが）親王を祀った井伊谷（いいだに）宮（現浜松市引佐町）の権宮司になっている。

さらに、安政五年五月十二日にも、

十二日、梅雨空。三州賀茂神主茂算（カズ）來ル。

とある。この「茂算（しげかず）」も正久のことだが、那賀山乙巳文氏の『賀茂縣主竹尾家と其一族』に「幼名勝之助、號中務或ハ八束髭　隨園」（一八頁）とあり、「茂算」という名前はない。父親が茂樹（しげき）で、兄が茂穀（しげよし）だから茂算が本名だったというほうが正しいだろう。

竹尾彦太夫家と分家の竹尾彦九郎家は「茂」を通字（とおりじ）としている。通字とは血統を同じくする同族の証だから、江戸時代だけでなく日本ではよくある風習である。その家代々決まった一字を名前に使う。だから正久の諱も茂算が本名だったのだろう。

それなのに系図に書いてないのはなぜか不明だが、明治維新になって名を変えた人は多く、正久の兄・茂穀も「茂」の一字に変えている。ただ正久は明治になって改名したのではない。すでに幕末の文久元年（一八六一）の『鈴屋大人（すずのやうし）六十一年霊祭集』には確実に「正久」を名乗っている。「茂算」と「正久」では字が違い過ぎる。いずれにしても昔の人は名前を変えたり、号などいくつも使ったりしているので特別なことではないのかもしれないが、気にはなる。

山本金木の日記にもどると、二度の来訪を受けて、山本金木も賀茂を訪問している。安政五年六月十八日の日記に、

十八日、天気。三州加茂神社神主竹尾氏泊。右神主宅ニていろ〳〵本拝読いたし、十九日八ツ半比（ころ）神主方を出立。

十九日、天気。夜半比帰宅。

とある。賀茂町から引佐町までは三十五キロほどなので、昔なら九里といったところだ。「八ッ半」は午後三時頃なので、「夜半」を十二時頃とみれば、九時間かけて帰ったということになる。夜道は危険だが健脚にものをいわせている。

この時、正久は二十四、五歳で、山本金木は文政九年（一八二六）生れだから三十一、二歳である。二人の話題は何だったであろうか。幕末という時代を考えると攘夷とか倒幕といった政治に関することだろうか。政治問題は当然意識されていただろうが、そのために金木を訪問したのだろうか。正久の生き方を見てゆくと、そう簡単に賛同できない。

たしかに山本金木は維新のとき遠州報国隊の隊長として江戸まで行っているし、弟の賀茂水穂は明治になって靖国神社の二代目宮司になっているから、勤皇派であるが、もし金木が竹尾家に尊皇攘夷を吹き込みにきたなら、失敗したと言わざるを得ない。なぜなら、竹尾家の者で維新の際、江戸に行った人はいないし、正久もそういうそぶりはない。

では何の話をしたのかというと、和歌のことではなかろうか。金木は和歌にすぐれていた。遠州西部では「歌の山本、書の三宅」と称されていたという（『雄踏町郷土資料部報』第三四号）。山本金木は和歌の達者で、三宅英熙は書に優れているという評判だったのである。和歌に志していた正久翁にとって山本金木を先達（せんだつ）としてみていた可能性はあろう。

ただ、これは三宅均と正久がこの時期に出会っていたという証拠ではない。それでも山本金木を介して意外と近くにいたことは確かである。

三宅英煕の漢文の特徴

三宅英煕が能書家であることは石碑の見事な楷書をみてもわかる。石に彫ったのは石工だが、下書きは三宅師が書いている。三宅英煕のこの碑文の文章についてみておくと、その漢文の特徴は四字熟語と漢語の出典が儒家風の教養にあることだろう。僧侶なのに仏教用語はあまり使っていない。子どもの時、栃窪の漢学の先生・峯野伴五郎から儒学を教わっているのが、生きているのかもしれない。

特徴ある熟語としては「資稟沈冲」の資稟は王守仁の書いた「教條示龍場諸生勧学」にあるから、それをもとに四字熟語にしている。王守仁とは陽明学の王陽明のこと。「富腴艶麗」の艶麗は歴史書の『南史』后妃下張貴妃伝にあるから、富腴と結びつけて四字熟語にした。「衣奔食走」は韓愈が『与陳給事書』で「衣食於奔走」と出てくる文句を少し入れ替えて四字熟語にしたものである。「今参昨遠」は出典がない。「于思毿毿」は『春秋左氏伝』の宣公二年に「于思」が出てくる。「随作随散」は出典なし。

銘の部分は四言詩だから四文字が多いが、熟語としては「天衢豁開」「鳳唱凰和」「神享鬼倚」「幽福顯祉」などが指摘できる。

これらのうち「今参昨遠」とか「随作随散」などの熟語は字面からも意味が推測できる造語である。漢学を極めた人にして始めて使いこなせる表現かと思う。

ついでに、二字熟語の出典を確認してみると、「儀観」（曾鞏）、「經意」（韓愈）、「顧眄」（『列子』）、「皎潔」（謝霊運）、「霄壌」（張養浩）、「窅然」（『荘子』）、「觴咏」（王羲之）、「衰憊」（王安石）、「噫嘻」（『詩経』）、「更僕」（『孔子家語』）、「賛揚」（『後漢書』）等がある。広い漢学の素養なくしてこの文章は書けない。正久翁が三宅英煕師に碑文を依頼する遺言を残したのは、師の漢学の力を知っていたからである。

第四章　竹尾正久の碑を建てた人々

正久追慕祭の引札

羽田野敬雄の資料に『賀羽田文庫集書一千部各分典籍詠歌二首ほか和歌関係引札』という引札を束ねたものがある。引札とは今でいうチラシのこと。その目次の引札6に「故随園大人竹尾正久翁霊追慕祭並建碑式」（次頁写真）というものがある。それは、

故随園大人竹尾正久翁霊追慕祭並建碑式
兼題　寄道懐舊　料紙短冊
　手向花
但壹題一首ニテモ四首ニテモ御随意ノヿ
集冊ノ上送呈ス
右ハ今回墓碑落成シタルニ因リ追薦霊祭執行爲ントス就テハ四方諸彦ノ玉詠ヲ懇請シ之ヲ机代モ狭ニ捧ケタラマシカバ海山野邊種々ノ物品ニモ増サリテ亡大人ノ霊魂モ如何斗リカ嬉シミ思ヒ侍

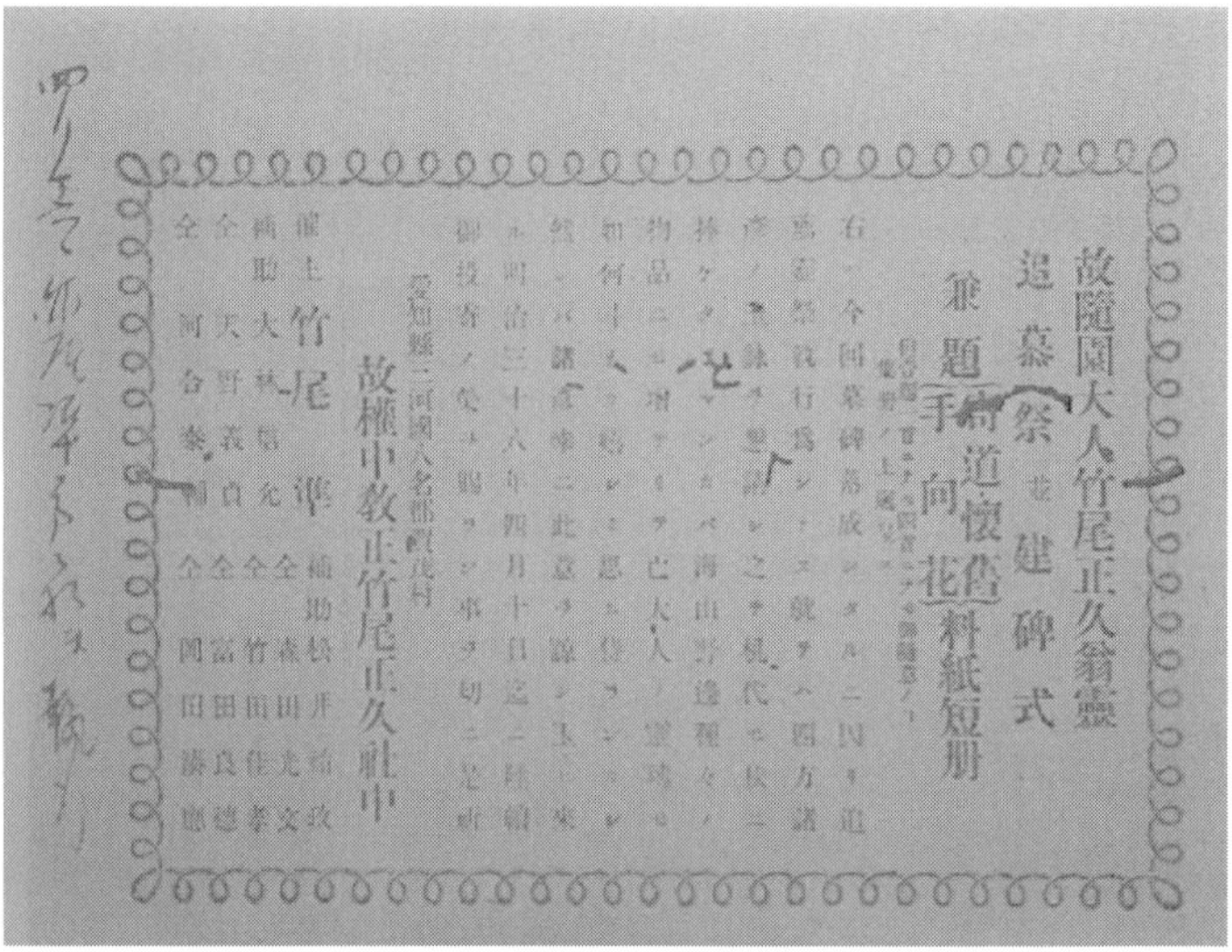
故隨園大人竹尾正久翁靈

追墓祭並建碑式

兼題 寄道懷舊 手向花 料紙短册

愛知縣三河國八名郡賀茂村

故權中教正竹尾正久社中

催主 竹尾 準　補助 松井祐政

補助 大林信允　仝 森田光文

仝 天野義貞　仝 竹田佳孝

仝 河合泰輔　仝 富田良穂

仝 岡田湊應

ランカシ然レバ諸彦幸ニ此意ヲ諒シ玉ヒ來ル明治三十八年四月十日迄ニ陸續御投寄ノ榮ヲ賜ラン事ヲ切ニ是祈

愛知縣三河國八名郡賀茂村

故權中教正竹尾正久社中

催主　竹尾　準　　補助　松井祐政

補助　大林信允　　仝　森田光文

仝　天野義貞　　仝　竹田佳孝

仝　河合泰輔　　仝　富田良穂

　　　　　　　　仝　岡田湊應

というもの。追墓祭に歌会（うたかい）をしようと募集したチラシで、寄道懐旧と手向花（たむけのはな）を題にして歌をつくり応募してほしいといい、

「今回墓碑が落成したので追薦霊祭を執り行おうとする。ついては全国の諸君の玉詠歌をお願いし、これを祭祀の机が狭くなるくらいに捧（ささ）げもうし上げたならば、海のもの山のもの野のものくさぐさ

の物にも増さりて、亡き正久大人の霊魂もいかばかりか嬉しく思うことでありましょう。だから諸君、この意図を諒となさって、明治三十八年（一九〇五）四月十日までにつぎつぎと御投稿の栄を賜わりますよう切にいのり上げます」

という意味である。

これはまた、熊谷武至（一九〇七〜一九八三）氏の『三河歌壇考証』（昭和四十六年、私家版）の一八九頁に、同じ引札の写真が掲載されている。

文中の「追薦」は「追福」と同じ意味の仏教語で死者のために良いことをして、死者が福を得られるようにすること。催主の竹尾準は正久の兄・茂穀の長男である。正久翁が亡くなった時、どうやら甥の竹尾準が追善供養のため、石碑を建立することや、追福のための歌会を企画したようだ。

熊谷氏の著書に、補助として名がある「天野義貞」は「天野美貞」、「岡田湊應」は「岡田港應」の誤りだと指摘している。ただ「義」と「美」は字形が似ているから間違いやすい。「湊」と「港」は同じく「みなと」の意味で、両方の字とも同じように使っているから、簡単に誤りとはいえない。意味が同じ場合、通用することは多いからだ。

熊谷氏は『さとのひかり』第一四三集（明治三十八年三月刊、富田良穂（一八四八〜一九二五）の杉之戸活版所印刷）にもこの引札の記事が載っているが、ただ補助の八人の名前はのぞかれていると書いている（一八八頁）。

この引札の欄外に「明治三十八年四月十六日竹尾準方ニ於テ執行」と手書きでメモが書いてあるから、追慕祭は行われたが、この時の追薦歌集は残っていないようだ。

正久翁の石碑は、明治三十八年四月十六日に竹尾準方において建碑しようとしたのだろうが、三宅英熙師の碑文の日付けは明治三十九年十月とあるので間に合わなかった。四月十六日には追慕祭のみ執行された。募集された歌がどれだけ集まったか、追慕祭に間に合ったかどうかも分からない。この時贈呈された和歌をまとめた集冊があればいいが、熊谷氏も見ることができなかったようなので、散逸したのだろう。

竹尾準と補助の人々

まず催主の竹尾準のことを、那賀山乙巳文氏の『賀茂縣主竹尾家と其一族』で調べると、正久の兄・茂穀の長男だとわかる。旧名は竹尾延久（のぶひさ）といい嘉永四年（一八五一）の生れで昭和六年（一九三一）に亡くなっている。賀茂神社の祠官や賀茂の村長などを歴任したのち、豊橋に出て製糸業や銀行業に従事した人で、賀茂のために力をつくした人だった。明治になって準と名を変えたようだ。

竹尾家の墓地で、竹尾準の墓を探すと、自然石に「竹尾準老翁／妻つる大刀自／墓」と書いてある。その右側に「昭和六年一月二日没」「享年八十一」とある。奥さんの没年は書いてないが、那賀山乙巳文氏の前掲書に「昭和七年八月八日卒去享年七十六歳」とあるので、準老翁の亡くなった翌年に亡くなっているとわかる。それに那賀山乙巳文氏の本には二人の写真も掲載してある（五二頁）。

他の補助の八名は賀茂の人ではないが、『近世近代東三河文化人名事典』をみると、何人かの記述があった。

天野義貞と河合泰輔と松井祐政は不明。

大林信允（?〜?）は、宝飯郡当古村睦美（現豊川市）の牛頭天王宮（今は進雄神社という）の神主で、随園社の有力歌人とある。豊橋市美術博物館に「竹尾家文書」と名付けられた文書があり、その中の「故村上翁一周祭詠草歌」に「若竹を見るにつけても偲ぶかな千世といはひし君が俤」（若々しい竹を見るにつけても、千年も長生きするようにと祝ったあなたの面影が偲ばれることだなあ）と詠んだ歌がある。

森田光文（一八五三〜一九一三）は、牟呂八幡社神主の森田光尋の子で、慶応三年（一八六七）五歳で従五位下陸奥守に任官。明治七年平田鉄胤（一七九九〜一八八〇）に入門し、また画を渡辺崋山の次男・渡辺小崋（一八三五〜一八八七）に学び緑雲と号す。森田家文庫は豊橋市美術博物館に所蔵されているが、緑雲の収集したものもある。正久が牟呂八幡社の祠官になった時、祠掌になっており、歌道の弟子だったと思われる。

竹田佳孝（一八四五〜一九一二）は、渥美郡川崎村津田（現豊橋市下地町）の人で、宮路恒雄（一七九五〜一八七〇）に師事したが、その没後は正久の門人となる。

富田良穂（一八四八〜一九二五）は、元吉田藩士、有恒と称しており、小野湖山（一八一四〜一九一〇）に漢学を

竹尾準老翁と妻・つる大刀自の墓

竹尾つる刀自

竹尾準翁

学び、愛知県会議員、豊橋市収入役を歴任し、杉之戸活版所を経営していた人。正久翁の随園社の歌集を刊行している。

岡田湊應（おかだそうおう）（?〜?）は、宝飯郡赤坂（あかさか）の人ということだが、『近世近代東三河文化人名事典』には載っていない。前述の豊橋市美術博物館所蔵「竹尾家文書」の「故村上翁一周祭詠草歌」に「若竹の千世といはひしいにしへそ夢かとはかりたとられにけり」（若々しい竹の千年も長生きするようにと祝った昔が今は夢かと思うばかりに思い出されることだなあ）と詠んでいる。

正久翁の石碑は、晩年賀茂の同じ敷地に住んでいた甥の竹尾準が中心となって建てようとした。補助の八名も東三河の周辺の神職が多い。正久が主催していた随園社関係の人々だったようである。

幕末から明治にかけて、歌人が亡くなると、親交のある人に呼びかけて歌会を催した。追薦霊祭といっている。あらかじめ歌の題が出されており（「兼題」という）、期限を決めて募集し、霊祭当日に霊前に奉納される。その歌は整理して冊子にされることも多い。歌人たちの交流の場であった。この引札をみると、竹尾正久が明治三十年代に三河歌壇の中心にいたことが推測できる。

追悼歌会が開かれるのは、資料もあり、歌の結社を持っているような人なら、ありうることかと思うが、故人の石碑を建立することまで企画され、実現するのは珍しい。竹尾彦九郎林啓（りんけい）のような賀茂用水を引いて郷土の殖産に貢献した人なら、顕彰されて当然だが、歌人、つまり文学者を顕彰する石碑を作るのは、稀有（けう）なことのように思われる。

ただ三宅英熙の碑文によれば、正久翁は遺言で碑文を凹山師に依頼せよと言い残したとある。遺言を無視することはできないから、遺族と門弟たちは遺言を実行した。深い信頼と敬意なくしてはあり得ない。

そこで、正久の功績はどのようなものだったか、あらためて検証しなおしていきたい。

第二部　竹尾正久の師匠たち

第一章　野之口隆正との繋がり

いったい竹尾正久とはどういう人で何をしようとした人なのか。没後に石碑まで建てるほどの人なのか。碑文に書かれていることは事実なのか、まずは、そのことから検証しておこう。

三宅英熙師の書いた正久翁の碑文に、「野之口隆正先生が吉田に来て本教を講話した時、正久翁も野之口氏に就いて研鑽を積んだ」という箇所がある。この野之口隆正とはどのような人物で、正久とどのような接点があったのか。

田﨑哲郎氏に「羽田野敬雄から村上忠順宛書簡」（『愛大史学』第6号〈一九九七〉）という翻刻がある。羽田神社の神主・羽田野敬雄が刈谷の医師で国学者の村上忠順にあてた手紙である。

その安政四年（一八五七）十月二十日の手紙に、次のようなものがある（二一二頁）。

（前略）當秋は江府藤森京師野之口皇蕃之両先生打續キ被相訪候藤森氏は纔両日之逗留ニて孟子

首章少、被講候耳ニ候処野之口氏は拙家ニ両度ニ廿日一宮加茂ニ十日余彼此是三十日余之逗留ニ相成古事記等之講談も被致候処本居平田両先生之説とは大ニ相違いたし候事多く半真半僞之義ニは候へ共先當世之一大家と被存候如何貴境杯へ御尋問は不被申候哉承知仕度奉存候（後略）

（意味）この秋は江戸の藤森弘庵（一七九九～一八六二、播磨国小野藩士。一柳末延の侍講。のち土浦藩士。儒家）と京都の野之口皇蕃（一七九三～一八七一、文久二年〈一八六二〉に大国隆正と名乗る）の両先生が続いて訪問されました。藤森氏はわずか二日の逗留で、『孟子』の首章（梁恵王章句）を少々披講されただけでしたが、野之口氏は私の家に二回で二十日、一宮と賀茂に十日余り、かれこれ三十日余りの逗留になり、『古事記』などの講話も致されましたが、本居宣長、平田篤胤両先生の説とは非常に相違していることが多く、半信半疑の内容でありましたが、まず当世の一大家と思われますがどうですか。あなたのところなどへ御尋問は申されないだろうか、承知したく存じます。

野之口隆正（一七九三～一八七一）は羽田村の羽田野家にきただけでなく、賀茂にも一宮にもきていた。どうやら正久が吉田まで行って講話を聴いたのでなく、野之口隆正の方が賀茂にきて講話している。碑文は間違っているのだろうか。

羽田野敬雄『萬歳書留控』

これらについては、羽田野敬雄の日記『萬歳書留控』の安政四年（一八五七）の記事に、詳しい事情が記されている。

安政四年の条

巳九月二日　京都押小路高倉上ル処国学者野之口匠作隆正〈于時六十六才〉文庫へ入来同十三日迄拙宅ニ逗留　古事記幷百人一首　五十音等之講釈有之

此人元来石州津和野亀井侯所子細有之浪人ス今隠居扶持五人口ヲ賜ふ当社祭礼前ニ付同十三日一宮草鹿砥氏ニ二宿十五日ゟ（より）賀茂竹尾氏へ参り古事記講談廿六日迄逗留ス廿六日拙宅へ被戻八泊被致十月四日出立ス〈拙宅ニ十九泊一宮二泊賀茂ニ十一泊合三十二泊也〉

門人〈播州小野一柳侯家来御用人三男寺本能太廿二才〉供虎一都合上下三人也

諸人ゟ認物懇望数百枚相認　拙宅ニて金十七両余賀茂一宮ニて五両合金廿両余各々ゟ謝礼有之（羽田野敬雄研究会編『幕末三河国神主記録』羽田野敬雄『萬歳書留控』清文堂史料叢書第六九刊、一九九四、三二七頁）（割注の部分は〈〉に入れた。また、誤記を訂正した「見せ消ち」や傍注の部分もあるが、本文に組み込んだ）

（意味）安政四年巳年の九月二日、京都の押小路（おしこうじ）通（どお）りの高倉上（たかくらのぼ）ルところに住む国学者の野之口匠作（しょうさく）隆正〈この時六十六歳〉が文庫（羽田八幡宮にあった文庫）へやってきた。同十三日まで拙宅（羽田野敬雄家）に逗留して、『古事記』と百人一首、五十音などの講釈をした。この人はもともと石見国津和野（島根県津和野）の亀井侯の藩の家臣だったが、子細あって浪人した。今は隠居して扶持・五人口（給料・九石くらい）を賜わっている。当社（羽田八幡宮）の祭礼前のため、同十三日に一宮の草鹿砥氏のところに二泊して、十五日から賀茂の竹尾氏へ行き『古事記』を講話し、廿六日まで逗留した。廿六日に拙宅へ戻られ、八泊して十月四日出立した。〈拙宅に十九泊し、一宮に二泊、賀茂に十一泊した。合せて三十二泊である〉門人の播州（兵庫県）小野の一柳（ひとつやなぎ）侯の家来・御用人の三男で寺本能太という廿二歳の者と、供の虎一という者と都合三人であった。

諸人から認物（みとめもの）（色紙などに書いてもらうことか）の懇望が数百枚あり、相認めてくれる。拙宅にて金十七両余り、賀茂と一宮で五両、合せて金廿両余り、各々より謝礼があった。

この『萬歳書留控』により、正久翁が吉田（豊橋）羽田村の羽田野敬雄家に行って野之口隆正の講話を聞いたのでなく、野之口隆正が賀茂にきて十一日間も滞在して、『古事記』を講義したのを聞いたとわかる。三宅英熙師はそれが嘉永年間（一八四八～一八五四）だというが、嘉永年間ではなく、安政四年のことだったのだ。

野之口隆正とは

この野之口隆正とはどういう人物なのか。

父は津和野藩士・今井秀馨といい、書家だった。隆正は寛政四年（一七九二）江戸桜田の藩邸で生まれ、一造、匠作と名乗る。通称は仲衛。隆正は諱。号も多い。江戸の昌平黌（しょうへいこう）で古賀精理（こがせいり）に儒学を学び、平田篤胤の紹介で本居宣長の門人である村田春門（はるかど）（一七六五～一八三六）について、国学と音韻学を学ぶ。文化十四年（一八一七）に家督相続をし、文政元年（一八一八）長崎に遊学して蘭学、梵学、中国書法を学ぶ。文政十二年に脱藩して野之口と改姓する。その学問が次第に世に知られるようになり、姫路藩や備後福山藩に招かれたりする。その後、天保七年（一八三六）になり播磨の小野藩主・一柳末延の招請を受け、藩校・帰正館を開校し、天保十二年まで藩の子弟を教育する。そして野之口隆正は嘉永四年（一八五一）に津和野藩の亀井茲監侯により藩籍を復してもらい、藩校・養老館の国学教師になっている。文久二年（一八六二）に大国隆正と改姓。明治初頭の神祇行政は隆正の構想に基づくところ少なくない。明治元年（一八六八）内国事務局権判事より神祇事務局にうつり、宣教の事に力をつくし、明治四年八月十七日病没。（『国史大辞典』2、昭和五十五年、吉川弘文館、他の資料により簡略に記す）

『増補大国隆正全集』の第八巻に皇学館大学の松浦光修氏が「大国隆正の思想と生涯」という解説を書いていて、野之口隆正は平田篤胤の門人という自覚がなかったが、羽田野敬雄のところで篤胤の門人帳に自分の名があることを知って、それ以降は篤胤の弟子と称するようになったと述べている（『増補大国隆正全集』第八巻解説、国書刊行会、平成十三年、三三五～三三六頁）。

野之口隆正の伝記に、天保七年に播磨の小野藩主・一柳末延の招請をうけ藩校で教育したとあるが、『萬歳書留控』に、野之口隆正の門人の寺本能太が播州（兵庫県）小野の一柳侯の家来で用人の三男だとあるから、一柳侯との縁は十六年後の安政四年のこの時まで続いていたことになる。

『萬歳書留控』の記事により、野之口隆正が津和野と江戸を往復する途中、吉田に寄った時のできごとだとわかる。

石巻神社道しるべ建立

『萬歳書留控』をみてゆくと、安政三年（一八五六）辰三月廿四日の条にも野之口隆正の名がある。「石巻神社道しるべ建立覚（おぼえ）」という記事である。

建石　丈　地上　七尺二寸　地下　二尺五寸　七寸ニ六寸二分角
尤此石　八幡宮石神門地震ニ付右を用
神ケ谷村地嵩瀬街道別レ道ニ立
表文　官社石巻神社道
横文　執事　羽田文庫幹事中
裏文　羽田埜敬雄　建
野之口隆正　書
筆者は　石州津和野ノ士　京師住居　野之口匠作隆正六十四才
（羽田野敬雄研究会編『萬歳書留控』、二九五頁）

野之口隆正に「官社石巻神社道」と書いてもらうには、あらかじめ依頼しておかなければならないわけで、それは安政三年より以前に野之口隆正と羽田野敬雄との交流があったことになる。
そう思って『萬歳書留控』をみてゆくと、安政二年二月七日に次の記事があった（二八三頁）。

○卯二月七日　京都　野之口正（匠）作隆正（ママ）来ル七日八日九日と三夜泊り五十音幷馭戎問答講釈有之　出席之人々御城内倉（クラ）垣菅八郎殿加治保之進殿中山仙太郎殿其外三人鈴木濃州司氏佐野権右衛門久田卯平大原猪兵衛左藤次郎八鈴木源吉中村藤兵衛松坂幸太郎鈴木吉右衛門廣岩主水等出席

（意味）安政二年乙卯二月七日に京都の野之口正（匠）作隆正が来る。七日八日九日と三夜自宅に泊り、五十音幷びに馭戎問答（ぎょじゅうもんどう）の講釈が有った。出席した人々は御城内の倉垣菅八郎殿、加治保之進殿、中山仙太郎殿、その外三人。鈴木濃州、司（つかさ）氏、佐野権右衛門、久田卯平、大原猪兵衛、左藤次郎八、鈴木源吉、中村藤兵衛、松坂幸太郎、鈴木吉右衛門、廣岩主水などが出席した。

やはり一年前に羽田野家に来て「五十音図」と「馭戎問答」（一巻、国立国会図書館に写本がある）の講義を、吉田藩の藩士六名と羽田野敬雄関係の十一人の計十七名にしていた。この時石巻神社の鳥居に建てる石柱の文字を野之口隆正に依頼していたのではないだろうか。ただ、これは三宅英煕の碑文にある嘉永年間（一八四八～一八五四）ではないし、この時の講釈に竹尾正久は出席していない。だから嘉永の頃にも野之口隆正が吉田に来た可能性はある。ただ、『萬歳書留控』にその記事は見当たらない。

安政四年、野之口隆正が賀茂にきた時、竹尾家は正久の父・竹尾茂樹（一八〇六～一八六五）が存命（五十三歳）だし、兄・茂穀（しげよし）（一八三〇～一八八三）は二十八歳で、その二年前の安政二年九月に

裏文「羽田埜敬雄建、野之口隆正書」とある

森岡の石巻神社一の鳥居の「官社石巻神社道」の標柱

従五位下能登守を拝命している。おそらく神主職も茂穀に譲っていたろう。正久（一八三四～一九〇四）は二十四歳だった。

この時、竹尾彦九郎林啓（一八三九～一九〇七）もいたかもしれない。明治になって賀茂のために種々貢献する竹尾彦九郎である。林啓は父・茂幹（一八〇一～一八四九）が嘉永二年（一八四九）に没したため、本家の叔父・茂樹の家で養育されており、十九歳だった。この時期、彦九郎家を再興していたが、当然、茂穀や正久とともに林啓も野之口隆正の『古事記』の講話を聞いただろう。十代二十代の多感な時期に「国学四大人」（荷田春満、賀茂真淵、本居宣長、平田篤胤）に続くと自負する野之口隆正に接した三人は、強い影響を受けたと思われる。

正久に関していえば、三宅英熙師が記す

ように本教（神道及び国学）について研鑽を積むきっかけになったはず。ただ、野之口隆正が賀茂に滞在したのは十一日間だから、『古事記』の講話だけではなかったと思われる。国学や歌道に思いをよせる若者を前にして、多くのことを語りかけたに違いない。

羽田文庫一千部の賀筵

『萬歳書留控』の安政二年八月二十五日に「文庫奉納之書籍当春迄ニ而一千部五千百余巻ニ相成候ニ付右賀筵之哥会八月廿五日執行」という記事がある（二八八〜二九〇頁）。祭事のあとに懐紙の短冊百六十枚を読み上げ直会（なおらい）をしている。

これに出席した人々三十二名の中に「加茂　竹尾勝之介茂算」という名が書いてある。受納物にも「一ふり出　竹尾茂算」とある。祝物持参の上で、歌会に出ていることがわかる。時に正久は二十二歳である。

賀茂から三里（十二キロ）を歩いて羽田村の八幡宮の文庫にきて歌会に出ているのだろうか。歩いていくには少し遠い。昔の人は三里やそこらは何でもないだろうが、もっと楽な手段があった。川である。

近年、愛知大学綜合郷土研究所に所蔵された竹尾家文書の中に安政六年の「御朱印御改ニ付参府幷頂戴控」という古文書がある。その十月十九日の条に、

暁七ツ半頃ゟ（より）支度いたし出立申候、渡船場迄参候頃夜明申候、近所之者見送り候、両禰宜も出申

候かたきぬニ而候也、船税ニ百文遣し申し候、吉田迄送下人ニ者弟正久・謙立・弟順作・新三郎・
　金左衛門・権兵衛・権六・新家下男菊次郎・内下男龍蔵　船町つぼやニ而まち合セ申候

という箇所がある（荒木亮子「三河国賀茂神社竹尾家文書Ⅰ―草鹿砥宣隆に関わる史料を中心に―」『愛知大学綜合郷土研究所紀要』第六六輯、二〇二一、一一九～一二〇頁）。

安政六年には、正久は二十六歳になっている。兄・竹尾茂穀が御朱印改めのため江戸に行くのに、賀茂から船で吉田の船町まで行っている。その時、正久も弟の順作（のち林叙（りんじょ）と名乗る。この時はまだ中嶋謙立の養子だったか）も、竹尾彦九郎家の新三郎も吉田まで付き従っている。正久を下人の一人に入れてあるのは、やはり兄の元にいて一家をなしていなかったからだろう。十人も乗るとなると船一艘貸し切りだったか。船税は百文とある。

このような史料があると、歩いたのでなく賀茂から豊川（とよがわ）を船で下って、吉田の城下の下流で岸にあがり、羽田村の羽田八幡宮へ行ったのではなかろうか。舟で往来すれば、さほど苦労なく行ける。今でこそ川の舟運は考えにくいが、江戸時代には川は重要な移動手段である。賀茂は豊川沿いの村なので、吉田への往復に利用しやすい。

受納物の「ふり出」とは何かわからず、江戸の食に詳しい杉山和佳氏にお聞きしたところ、金平糖を入れた小箱で、為永春水の人情本『春色梅美婦禰（うめみぶね）』に「金平糖の菓子筥（ばこ）の、六角にこしらへた振り出し箱をまくらにする」とあると教えていただいた。

吉田藩の藩士や有力商人に交じって歌を披露してもらっている。この時の歌は残っていない。名前は「竹尾勝之介茂算」と書いてあるから、受け付けてもらったことはたしかだ。茂算の名は二十二歳までこう名乗っていた。

正久は安政二年二月の時は、野之口隆正の講演に出ていないが、八月の羽田野敬雄の羽田文庫の祝の歌会には出席している。吉田の文化人との交わりは始まっていたのだ。

第二章 『六句詞體辨』を読む

豊橋市立中央図書館の橋良(はしら)文庫に『六句詞體辨(ろっくかたいべん)』という書がある。

本のことを調べるには『国書総目録』（岩波書店）をみれば所蔵先などがわかる。見てみると、この本は安政四年（一八五七）に書かれたとある。野之口隆正が三河に来て羽田野、草鹿砥、竹尾の各家を巡った年だ。賀茂にきた年である。写本は「豊橋、茶図（竹栢）、橋良、無窮（神習）、福井久蔵」の五ヶ所に所蔵されているとある。「豊橋」は豊橋市立図書館であり、「橋良」は橋良文庫のことなので、今は豊橋市立図書館に二種類あることになる。

橋良文庫は近藤恒次(つねじ)氏（一九一〇～一九七八）の郷土史関係の蔵書を指す。橋良文庫本は野之口隆正の著を文久二年（一八六二）に写した写本である。

この本を閲覧すると、表紙の題簽(だいせん)に「六句詞體辨　全」とあり、表紙裏に陽刻で「伊賀文庫」、陰刻で「柴田氏印」が押してある。巻末に「柴田千箭」という署名があるので、この人の蔵書だったのだろう。

竹尾正胤の書写

この『六句詞體辨』は野之口隆正の本文だけでなく、その前に朱で草鹿砥宣隆の「旋頭歌抄」を三丁にわたって引用している。その最初に「草鹿砥宣隆の旋頭歌抄には正體變體と二種に別ちたり但し始めは四體に分ちたるを八木美穂（やぎよしほ）の教（おしえ）によりて二體に書き直せりといふ今その較略を左にしるす」（草鹿砥の右脇に「正タネ云」と書いてある）とあり、旋頭歌抄を引く。そして最後に次の文がある。

草鹿砥宣隆がもとより旋頭歌抄稿本を見せにおこせたるをもて此哥體弁を讀む比校の為に其大較を書ぬける也ただし宣隆の説は附言とてしるせる四ケ条にてそは今ことことく右に書おけるが如しされは哥（うた）の数をいたくはふけるのみとしるへし

萬延二年正月　　真差胤しるす

（意味）草鹿砥宣隆のところから旋頭歌抄の草稿本を見せてよこしたので、野之口隆正の六句歌体弁を読んだ。比較のために旋頭歌抄のあらましを書き抜いた。但し宣隆の説は附言として書いてある四ヶ条であって、それは今すべて右に書きおいたとおりである。だから歌の数を多く省いただけである。万延二年正月　正胤しるす

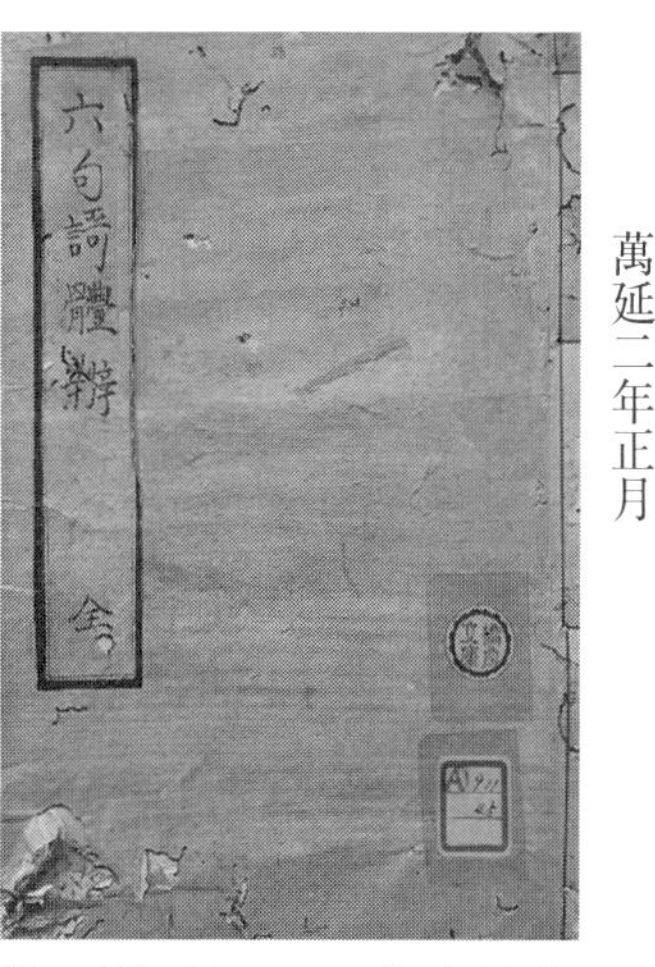

柴田千箭が書写した『六句詞體辨』の表紙

「真差胤」は竹尾正胤（まさたね）（一八三三〜一八七四）のことで、岡崎の舞木（まいぎ）八幡宮（山中八幡宮）の神主である。舞木は豊橋方面から国道一号線を岡崎方面に行ってすぐの村で岡崎市東部にあたる。

正胤は、明治元年（一八六八）十一月十七日に羽田野敬雄（一七九八〜一八八二）、草鹿砥宣隆（一八一八〜一八六九）とともに京都の皇学所御用を仰せつかった人で、通称は東一郎、明治四年の神主世襲制廃止後に砥鹿神社の権宮司兼中講義（中講義は教導職の第九階）になっている。万延二年は一八六一年なので、野之口隆正が三河にきた安政四年の四年後のことだから、竹尾正胤が二十八歳の時写したもの。

なお、『旋頭歌抄』については、小池保利氏が『解釈学』第三十三輯と三十六輯に翻刻している（平成十三年十一月と十四年十一月）。

『六句謌體辨』の冒頭

野之口隆正の『六句謌體辨』の冒頭の文章に、

> 安政四年九月三河國砥鹿の本宮に詣てけるをり神主草鹿砥近江守宣隆の家にやとりて何くれとものかたりしけるをり。うたの格調のことになりける時。いへあるしかねてかきおけるものとて。旋頭哥四體といふものをいたしてみせられたり。とりてみるにめつらしく。その體をわけられしこと。今の人のおもひよらぬこと、ほめてさていふやう。おのれかねて詠歌（えいか）格調弁（かくちょうべん）といふものを

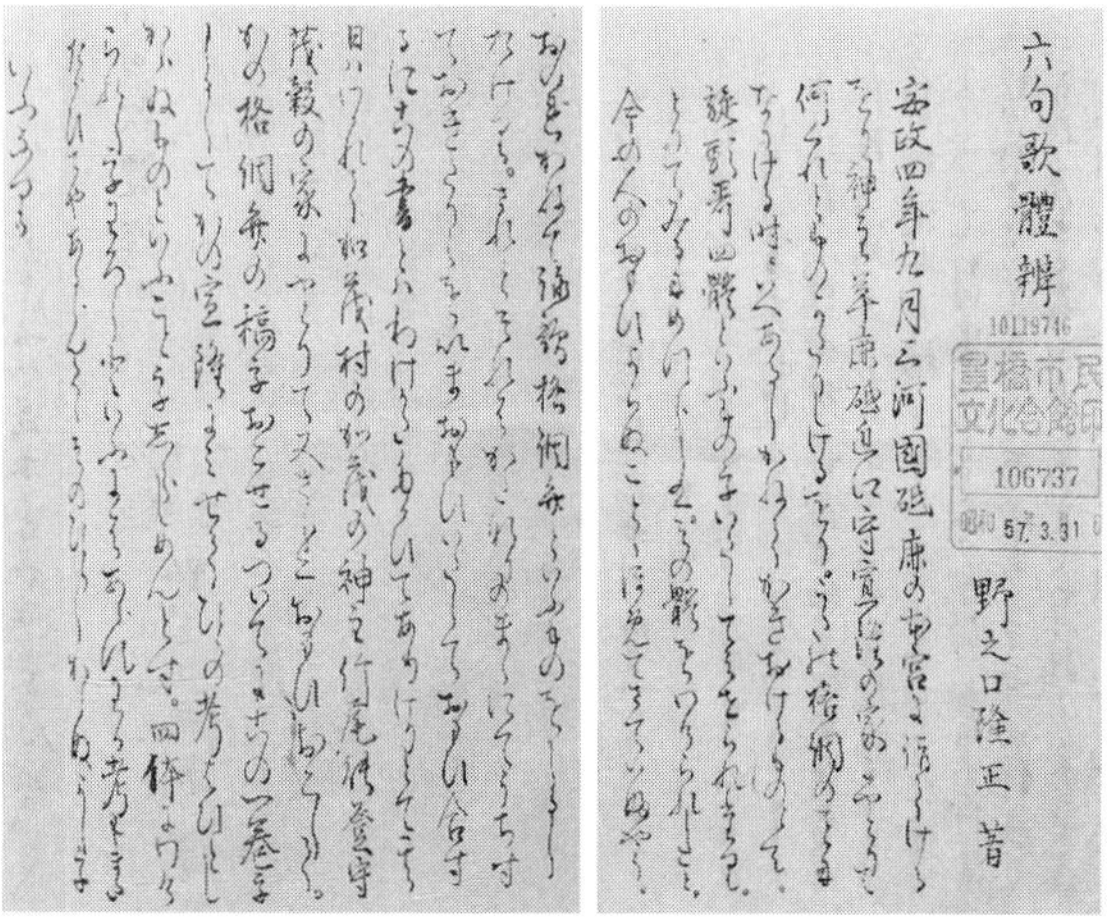

しるしおけり。されとそれはかたなりのまゝにてうちすておきたりしをいまおもひいたしておもひ合するに古の書とはわけかたたかひてありけりとて其日はわかれて加茂村の加茂の神主竹尾能登守茂穀の家にやとりて又さらにおもひおこして。かの格調弁の稿をおこせるついてにこの一巻をしるしてかの宣隆にみせてひとの考はひとしからぬものといふことをしらしめんとす。四体にわけられしをわろしといふにはあらずわか考もまたたがひてやあるらんたゝそのひとしからぬよしをいふなり

（意味）安政四年九月、三河国砥鹿神社の本宮にお参りした時、神主・草鹿砥近江守宣隆の家に泊まって、あれこれと物語した折に、歌の格調のことになった時、家の主の草鹿砥宣隆が前々から書き置いたものだといって、旋頭歌四体といふ文を出して見せてくれた。手に取ってみると珍しく、歌の体を分けられたことは、今の人の思いもよらないことだとほめたが、さて私の意見として次のように言った。「自分は以前から詠歌格調弁という文を書いておいた。しかし

『六句謌體辨』冒頭の部分

それは未完成のままに放置しておいたことを今思い出して比べあわせてみるに、昔の書物とは分け方が違っている」と言って、その日は別れて、賀茂村の賀茂神社の神主・竹尾能登守茂穀の家に泊まって、また更に思い出して、例の格調弁の草稿を書くついでに、この一巻を書き、あの草鹿砥宣隆に見せて、人の考えは同じではないということを知らせようとした。旋頭歌を四体に分けられたことを悪いというのではない、私の考えもまた違っているかもしれないだろう、ただ考えが同じでないということを言っているのである。

とある。旋頭歌とは『万葉集』などにある五七七五七七の六句からなるもので、『万葉集』に六十二首、『古今和歌集』に四首ある。それについての野之口隆正と草鹿砥宣隆の考えが違っていた。これが野之口隆正が砥鹿から賀茂に早々に移ったわけではなかろうか。ただ、野之口隆正の『詠歌格調弁』という著作は散佚したらしい。あれば野之口隆正の考えが明確にできただろう。

『六句謌體辨』の末尾

さらに『六句謌體辨』をみてゆくと、末尾に次の注記がある。

こは竹尾茂穀神主の家にて草稿せられたるをおのか許にもて来て中かきせられたるなりさるを帰りのほとをいそかれつればあまりの日数もなければみなからものせらるゝをも待あへすて中山繁木山﨑常美夏目重鉄廣岩敬敏等か手わけして一ひらつゝ写取たるなり

安政四年丁巳十月二日　　　　　　　　羽田野たか雄　記

（意味）これは竹尾茂穀神主の家で書かれたものを、私のところに持ってきて、書き直されたものである。それを帰る日程を急がれたので、残りの日数がないため、全員が書写するのを待っておれなく、中山繁木（なかやましげき）（一八二九～一八七八）、山﨑常美（じょうび）（一八二六～一八八六）、夏目重鉄（一八二九～一八六四）、廣岩敬敏（一八一七～一八九五）たちが手わけして一枚ずつ写し取ったのである

野之口隆正は九月二十六日に賀茂から羽田村の羽田野敬雄家にきて、『六句謌體辨』を完成させた。それを羽田野敬雄は四人の弟子に分担させて書写させた。柴田書写本で二十丁ほどある。羽田野書写本は二十七丁の短い書物とはいえ、大急ぎで写させている。それは野之口隆正一行が出立する前々日の十月二日のことだった。

この注記の後に、

右六句謌體辨一巻借羽田野敬雄所藏之本萬延元年六月十六日書写之畢
竹尾正胤　（花押）

此壱巻は竹尾正胤ぬしよりかれる（ママ）とて石川千浪がみせけるにおのれ又かりてかきうつしと、めて文庫にをさめおくになむ
文久二壬戌年弥生　　　柴田千箭　（花押）

と書いてある。

この後書きにより、羽田野敬雄のところにあった冊子を、岡崎舞木の山中八幡宮の竹尾正胤が万延元年（一八六〇）の六月十六日に書写し、翌二年正月に比較のため草鹿砥宣隆から『旋頭歌抄』を借りて、朱で書き加えて野之口隆正の文の前に入れた。それを竹尾正胤から石川千浪が借りて柴田千箭（せんや）に見せた。柴田千箭は自分も正胤から借りて書写し、羽田文庫に収めたということだ。ここまで経緯が書いてあると、書写の流れがわかって面白い。

ここに出てくる竹尾正胤と柴田千箭（のち顕光（あきみつ）と名乗る人）については田﨑哲郎氏が『新編岡崎市史 近世学芸 13』（岡崎市史編集委員会、昭和五十九年）の「第五章、国学」に詳しく書いている。舞木の竹尾家（一〇九四～一〇九七頁）も柴田家（一一五六頁）もそれぞれの家の系図を掲げており、両家及び近隣の神職家との通婚関係もわかる。

この系図をみると賀茂の竹尾家から舞木の竹尾家に嫁入りした人もいる。それは那賀山乙巳文氏の前掲書の竹尾家系図でもわかる。柴田家は岡崎の伊賀八幡宮の神職の家で、柴田千箭は羽田野敬雄と親しかった。弟子であろう。

「大國隆正十年祭の記」の正久夫妻の歌

正久はのちのちまで野之口隆正を師として敬愛していた。それは『増補大国隆正全集』第八巻に収録されている「大國隆正十年祭の記」という資料からわかる（二九七頁）。

大国隆正は明治四年八月十七日に亡くなっている。その十年後の明治十四年十月一日に忌年祭と歌会が東京赤坂溜池（ためいけ）陽泉寺で行われた。「秋懐旧」という題で和歌が奉納されている。その和歌の中に「遠国 幷（ならびに）不参」として、十六人の和歌があり、竹尾正久と妻の小笹女の歌がある。

正久の和歌は、

とよ川ややなせの水に影見えてすみしむかしの月ぞこひしき　竹尾正久

というもの。「豊川（とよがわ）の梁のある瀬（せ）の水に月影が澄んだ光を放っている。安政四年に豊川を渡って賀茂に来てくれ、月のように輝いていたあなたが恋しいことだ」という意味である。師匠が亡くなって十年経ってもこのような和歌を作っているのは、安政四年の出会いが後年までも思い出として残っていたのだろう。

妻の小笹女の歌は、

君まさで十（と）とせの秋はめぐりきぬおもかげばかり月にみえつつ　竹尾小笹女

である。小笹女が正久に嫁いできたのは明治十年以降だ。そうすると、大国隆正が亡くなった後になる。あるいは小笹女は正久と結婚するまえから大国隆正に師事していたのだろうか。

ただ、歌の意味は「あなたが亡くなって十年の秋が廻ってきました、あなたの面影ばかりが月を見ても思い出し思い出ししています」というもので、お年忌用の作と見えなくもない。

一方、正久の歌は若かりし頃の初めての出会いを踏まえたもので、直接面識を得た人が師匠と慕っていた実感がこめられている。わざわざ東京での十年忌に妻とともに詠歌を寄せた思いのほどがうかがえる。

第三章　砥鹿神社の草鹿砥宣隆

碑文に「竹尾正久は草鹿砥宣隆の下に通って神道と万葉詞学を学んだ」と、三宅英煕が書いている（「夙に出でて草鹿砥宣隆翁に学ぶこと、殆ど二十有余年。本教及び万葉の詞学を究め、旁がた漢学を脩む」）ので、次に草鹿砥宣隆について検討してみよう。『近世近代東三河文化人名事典』で伝記を確認すると、

> 文政元年（一八一八）四月九日生。明治二年（一八六九）六月二一日没、五二歳。国学者・歌人・神官。本名、崧・嵩。通称、孫十郎・勘解由。家号、椙之金門。三河一宮（豊川市）砥鹿大明神神主家で草鹿砥肥前守宣輝の長子。美濃の吉田東堂に漢学を学び、天保五年（一八三四）平田篤胤に入門。翌年従五位下近江守に叙任。篤胤没後遠江横須賀学問所教授八木美穂（夏目甕麿門）に師事。弘化四年（一八四七）美穂著作『長歌私編』を手伝う。（中略）慶応二年（一八六六）一宮文庫を設立し開塾。明治元年羽田野敬雄とともに京都皇学所御用掛となり、皇学所と漢学所、皇学所内派閥対立に苦慮中、急没。東山霊山墓地に葬る。（下略）

とある。

草鹿砥宣隆略年譜

これと、宝飯郡一宮町（現豊川市）にあった歴史民俗資料館が、平成十七年に行った「国学者　草鹿砥宣隆」という企画展の冊子の年譜をもとに、略年譜をたどると、

文政元年（一八一八）一歳━三河国一宮・砥鹿神社神主家・草鹿砥宣輝の長男として生まれる。

天保初年十四～十六歳━美濃加納の吉田東堂の塾で漢学を修める。

天保五年（一八三四）十七歳━父・宣輝と江戸へ出て平田篤胤に入門。（この年竹尾正久出生）

天保六年（一八三五）十八歳━従五位下近江守に叙せらる。

弘化元年（一八四四）二十七歳━八木美穂（弘化二年遠州横須賀藩の藩校教授）に入門。

弘化三年（一八四六）二十九歳━この頃、渥美郡牟呂八幡社神主・森田光尋（みつひろ）が門人となる。

弘化四年（一八四七）三十歳━八月十四日～二十日、八木美穂宅を訪問し「長歌私編」校合を手伝う。「杉之金門祝詞集」を著す。

嘉永元年（一八四八）三十一歳━「記紀歌一覧」編。「旋頭歌四体」を著す。

嘉永二年（一八四九）三十二歳━「万葉集序歌抄」「旋頭歌抄」「假字授幼開題」を著す。

嘉永四年（一八五一）三十四歳━「古言別音抄」の校合を十東永安が行う。

嘉永五年（一八五二）三十五歳━「天門抄」「杉之金門長歌集」を著す。「散隷千字文」「説文千字抄」「長歌対句類聚」などを編む。

安政二年（一八五五）三十八歳━「祭典略」これ以前に成る。

安政四年（一八五七）四十歳━「葬祭私説稿」「求夷篇」を著す。

文久二年（一八六二）四十五歳―「本祠祭文録」編「長歌私編聞書」を著す。

慶応二年（一八六六）四十九歳―自宅の傍に一宮文庫を建て、塾を開く。

慶応三年（一八六七）五十歳―父宣輝没（七十一歳）。（竹尾正久『類題三河歌集』を編輯出板）

明治元年（一八六八）五十一歳―京都皇学所設立、御用掛となる。「葬祭略記」を著す。

明治二年（一八六九）五十二歳―六月二十一日、京都にて病没。京都東山霊山に埋葬。


となる。

竹尾正久が草鹿砥宣隆のところに通ったのは何歳からだろうか。今のように六歳から学び始めたのだろうか。賀茂から砥鹿神社まで三キロはあるから、豊川（とよがわ）を渡って通うには早すぎるような気もする。竹尾家には父親の竹尾茂樹がいるから、文字を覚えるくらいの教育は自宅でできなくはない。そうすると弘化元年正久が十歳頃に一宮に通いはじめたとみたい。その時、草鹿砥宣隆は二十七歳なので十歳の正久を教えるにふさわしい。宣隆も八木美穂（よしほ）に入門して本格的に国学を学ぼうとしていた時期である。この二年後の弘化三年の春頃牟呂八幡宮の森田光尋（一八二五～一八九八）が二十一歳で宣隆に入門したとされている（『近世近代東三河文化人名事典』）から、弟子を受け入れていたことは確かだ。

八木美穂は寛政十二年（一八〇〇）に掛川の浜野村の庄屋の子として生れ、国学を夏目甕麿（みかまろ）に学び国学者となり、遠州横須賀藩の藩校・修道館の教授になった人。夏目甕麿はやはり遠州白須賀の国学者で本居宣長の門人。本居宣長は賀茂真淵の弟子。真淵―宣長―甕麿―美穂―宣隆という系譜をみることができる。

宣隆の書いた書物は和歌以外に、神道の葬祭関係のものと『万葉集』関係のものが多い。三宅英熙はそれを知っていて碑文に神道と万葉詞学と書いたのかもしれない。

正面「従五位下近江守藤原朝臣宣隆之墓」

裏面「明治二年六月廿一日卒去西京旅寓葬靈山同年十一月一日埋遺髪於先塋之側以擧招魂之典」

正久が独り立ちして、三河の歌人たちの間で認められるようになったのは、慶応三年に竹尾中務（なかつかさ）の名で刊行された『類題三河歌集』からで、正久三十四歳のことだ。その年から逆算して二十有余年というと、弘化の一年から三年くらいになる。それは正久翁十一歳から十三歳頃だから豊川を渡って定期的に草鹿砥家に神道と万葉詞学を教わりに行ったことが推測できる。

草鹿砥宣隆は、明治二年六月二十一日に京都で客死し（五十二歳）、皇学所も九月二日に廃止となる。明治政府そのものも東京に遷都してしまう。宣隆が京都で皇学所に勤めたのは半年ほどに過ぎない。

　宣隆の遺体は京都の東山霊山に埋葬されたが、遺髪を一宮に持ってきて同年十一月一日に招魂祭を行ったことが、草鹿砥家の一宮にある墓地の石塔からわかる。草鹿砥家の墓地も神道墓として整備されており、宣隆の隣には妻の「服部麻志子之墓」があり、宣隆の父親・草鹿砥宣輝の墓に並んでいる。

　一方、共に京都の皇学所に招かれた羽田野敬雄は、明治元年十一月二十八日に三河から上京し、十二月三日に京都に着くが、講義を数回しただけで、病気を理由に明治二年一月四日、三河に帰ってしまう（『幕末三河国神主記録』羽田野敬雄研究会、一九九四）。七十二歳という高齢だったことも関係していただろうが、それだけかどうか。京都皇学所に関する経緯は複雑な事情がからんでいたと思われる。

草鹿砥家ゆかりの竹尾家の人々

　竹尾家の人々と草鹿砥家がどのような関係にあるか、整理してみよう。

☆竹尾茂樹（しげき）（一八〇六～一八六五）―正久の父。文政九年従五位下大和守。天保三年（一八三二）に羽田野敬雄の紹介で平田篤胤に入門。草鹿砥宣隆より父親の草鹿砥肥前守宣輝（一七九七～一八六七）と近い。室は宝飯郡八幡村の八幡宮神主寺部博光の娘・壽子（としこ）。

☆竹尾茂穀（しげよし）（一八三〇～一八八三）―正久の兄。茂樹の長男。安政二年従五位下能登守に任ぜられたので、五位と称される。慶応二年に草鹿砥宣隆の紹介で平田篤胤の没後の門人となる。明治になり茂と改名し、明治四年に賀茂神社訓導兼祠官となる。

☆竹尾彦九郎林啓（一八三八～一九〇七）―正久の従兄弟。初名茂啓、のち仙之助。茂樹の兄・茂幹（一八〇一～一八四九）の三男。十一歳のとき父・茂幹が没したので叔父の茂樹に育てられる。正久より四歳年少で同じ家に住んでいたから、共に草鹿砥家に通った可能性は高い。

☆竹尾林叙（一八四七～一八六四）―正久の弟。幼名順作。茂樹の三男。五歳で中嶋謙立の養子となるが、同家に実子が出生し帰家。草鹿砥宣隆の弟子となり、小野湖山（一八一四～一九一〇）に師事するも元治元年（一八六四）八月、十七歳で病没している。

☆竹尾延久（準）（一八五一～一九三二）―正久の兄・茂穀の長男。慶応元年十四歳の時、林芳太郎（十一歳）とともに宣隆に学ぶ。慶応二年に一宮文庫と塾ができたとされるが、その前から一宮に通っている。明治元年宣隆が京都御学問所に招かれたので、篠束村（豊川市）の本多匡（一八二九～一八七六）の小竹園に学ぶ。（以上、那賀山乙巳文『賀茂縣主竹尾家と其一族』参照）

竹尾彦九郎翁之墓

竹尾家の者ではないが、関連する二人を付け加えると、

☆寺部宣光（大伴橘翁）（一八一一〜一八八二）—正久の母・壽子の弟。正久の叔父。宝飯郡八幡村（豊川市）の八幡宮の神主。天保三年（一八三二）に竹尾茂樹とともに平田篤胤に入門している。正久を三宅英煕に紹介した。宣隆より七歳年長だが親しく交流している。

☆林芳太郎（後の戸塚環海）（一八五四〜一九三二）—賀茂村定重の豪農・林九一郎の長男。宣隆の晩年の弟子。宣隆が京都皇学所御用掛となった時、京都に随行。宣隆が京都で病没した時、竹尾正胤（一八三三〜一八七四。六六頁参照）、中山繁樹（一八二九〜一八七八。中山美石〈一七七五〜一八四三〉の孫、吉田藩士、京都皇学所句読師となる）、長尾華陽（一八二四〜一九一三。宣隆の姉聟）、河合唯一右衛門（宣隆の妹聟）、竹内逸次（実姪）、林由太郎（弟子）、今泉周之介（社家）らが葬式などとり行ったという。この「林由太郎」は林芳太郎のこと。時に芳太郎は十五歳である。（田﨑哲郎、天田晴大「羽田野敬雄編『故草鹿砥宣隆神主従皇都書簡』」『愛大史学』第十一号二〇〇二、一三二頁）

このように竹尾家と草鹿砥家は密接な交流があり、草鹿砥宣隆は神主、国学者としてだけでなく、この地域の学問の拠点になっていたことがわかる。それは慶応二年の一宮文庫の設立となり、草鹿砥塾を開くことにつながる。この塾がどういう中身だったかわからないが、単なる読み書きを教える寺子屋ではなかっただろう。

竹尾家は神官の家なので、草鹿砥宣隆から神職としての教養を受ける意味もあったかもしれないし、正久が宣隆から万葉詞学や漢学を学んだことは、正久の歌学なり和歌の創作の役にたっているはずだ。

現在、砥鹿神社に「一宮文庫」の朱印が押してある和装本が旧一宮文庫として四十一点ある。また、草鹿砥家の現当主の宣和氏によると、草鹿砥家にも一宮文庫の書籍があるという。宣隆の長男・孫（宣譲）は明治四年に遠州の小国神社の禰宜になるが、一宮の家では三男の草鹿砥巳之蔵が宝山学院を主宰していたそうである。それは大正末年まで存続し、周辺地域の人々の向学心旺盛な若者が、小学校を終えた後、ここに通ったという。ここでは漢学だけでなく英語、物理まで教えていたそうである。

草鹿砥宣隆「詠照山」

ここに草鹿砥宣隆が賀茂の照山を詠んだ長歌がある。宣隆の『杉之金門長歌集』（豊橋市立中央図書館所蔵）の七十四丁裏に収められている。

文久元辛酉年
詠照山
豊川をなかにへたて、打わたす賀茂のてり山朝されは朝日来向夕されは夕日たゝさす浦くはし山にしあれはいにしへの神の御世よりうへな〱てり山とこそ名つけゝらしき（鈴木太吉「草鹿砥宣隆『杉之金門長歌集』の翻刻と研究（三）」『愛知大学綜合郷土研究所紀要』第四十一輯、一九九六、一二〇頁）

（意味）豊川を中にへだてて見ることができる賀茂の照山は、朝になればそこから朝日が昇ってくるし、夕方になれば夕日が照り映えて、麓の川の流れも美しい山であるので、昔の神々の御世

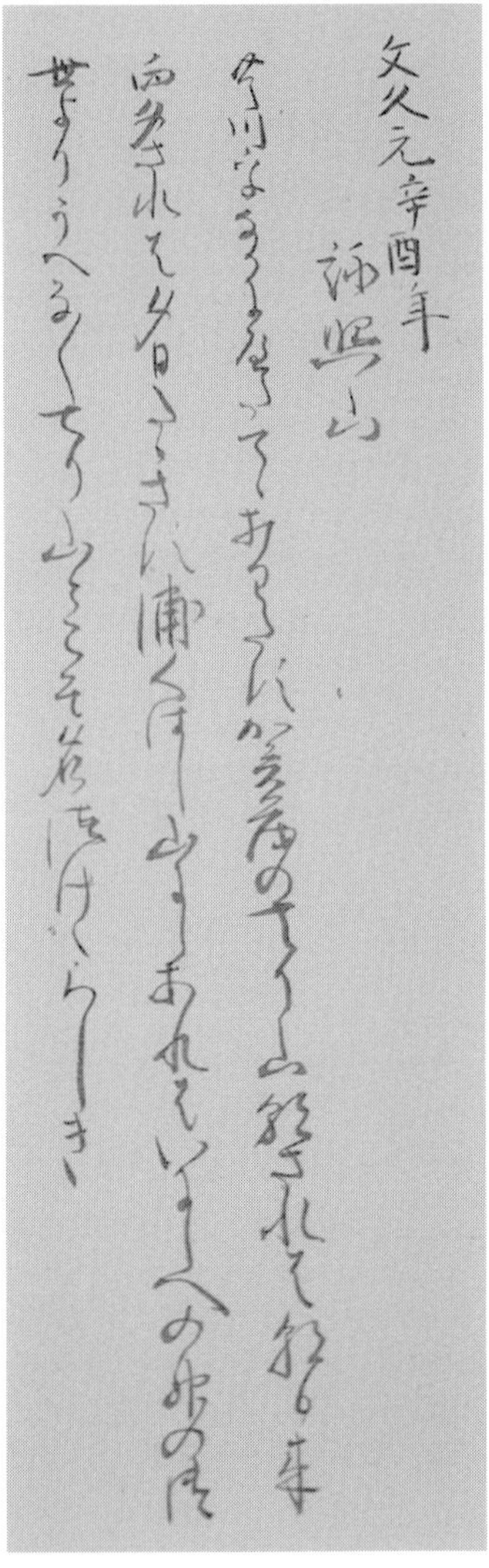

草鹿砥宣隆の長歌「詠照山」

から本当に輝く山という意味で照山と名づけたのだろう。

である。長歌には反歌がつくものだが、反歌はないし、習作の段階のようだ。宣隆は自分の作に〽（いおり点）や□や○をつけて評価している。何もつけていないものは「削（けずる）ベシ」と書いている。この「詠照山」は何もつけていないので評価していなかったのかもしれない。だが、今は採石されてしまった照山の昔の姿を歌った作品だから貴重である。

第四章　正久の叔父・寺部宣光（大伴橘翁）

八幡宮は各地にあるが、国府の八幡宮は天武天皇の白鳳年間（白鳳は私年号なので諸説あるが六七三〜六八三としておく）に、大分県の宇佐八幡宮から勧請されたものとのこと。お宮の東側に隣接して国分寺跡がある。国分寺は奈良時代の天平十三年（七四一）聖武天皇が国家鎮護のため各国に建立させた寺院だから、それより古くに作られた神社ということになる。

国府の八幡宮

国府の八幡宮に行くと、その本殿は国の重要文化財に指定されていると説明板に書いてあった。室町時代の建築で三間社流造りの檜皮葺きの見事なもの。賀茂神社の本殿は江戸時代初期の寛永元年（一六二四）に造られた一間社流造りの檜皮葺きで、昭和三十六年（一九六一）に県の有形文化財に指定されている。八幡宮の本殿とは規模も古さも違うが、流造りという神社建築の一つの典型的な様式としては同じである。

八幡宮は拝殿も立派で境内も清められており、氏子の人々の信仰心を感じさせる。

八幡宮南の姫街道から境内に入る参道の入口に大伴家があったが、今の当主・大伴学氏は東京に移られたと、宮司の神道隆至氏から聞く。昔は神社の左右に大伴家と神道家の屋敷がそれぞれ三反歩ほどの広い土地に住んでいたとのことだった。

国府の八幡宮の拝殿

神道隆至氏の話

　東側の国分寺跡を見て八幡宮の東鳥居から境内に入ろうとしたところ、ちょうど神道隆至（しんどうたかし）宮司が神職の衣装で祭礼をされようとしているところであった。神道家の東北隅の鬼門にあたるところに祠（ほこら）が祀られていて、この日はその祭りの日だった。お話を伺うと、この祠は神道家の屋敷神として祀っているが、六所神社と言い、八幡宮の東鳥居に並び東を向いている。屋敷神の意味だけでなく邪気を払う意味もある。昔はここの祭日には道行く人に餅を配ったものだとのこと。

　この八幡宮は中世には武家の崇拝を集め、牧野氏、今川氏の寄進を受け、さらに江戸時代になっても幕府より百五十石の社領が与えられていた。賀茂神社は百石だから、三河の神社の中では挙母（ころも）（現豊田市）の猿投（さなげ）神社（七百七十六石）、岡崎の伊賀八幡宮（五百四十石、家康を祀る）は別格として、岡崎舞木（まいぎ）の山中八幡宮の百八十石につぎ、一宮の砥鹿神社と同じ社領である。

八幡宮の神主家は大伴氏が奈良時代以来世襲し、禰宜家として分家の神道家がある。ただ江戸時代の天保年間（一八三一～一八四五）頃まで、大伴家は寺部氏と名乗り、神道家は松田氏と称していた。それを天保末年から大伴姓、神道姓に戻したという。大伴、神道は氏の名であり、寺部、松田は通称なのだろう。


神道隆至宮司から大伴家と神道家の系図などを見せてもらい、話を聞いたあと、神社にお参りし両家の墓地を訪ねた。

現在の神社の神域は豊川市の西部区画整理のため、以前の姿そのままではないかもしれないし、社家の墓地についても、神社の西北の「やわた町民館」の隣に両家の共同墓地があるが、ここも旧来のままではなさそうだ。平成四年（一九九二）の墓標に、三十五代目の神道敏夫氏の代に東赤土三十六番地にあった神道家の墓地を、ここ東赤土八十四番地の大伴家の墓地に移転したとあるから、平成になって両家の墓地が一つになったようだ。

大伴家と神道家の墓地は、道から一メートルほど高い台地に太平と称されるところにある。もと神宮寺の太平院があった跡地と推定されている。この寺は早く江戸時代の初め慶長年間（一五九六～一六一五）に廃絶したそうだが、後に八幡宮社家の墓所となったと平成二十年の碑（第四十一代大伴税と第三十六代神道隆至が建てる）に記されている。墓域には両家の墓石が並んでいるが、中には古い宝篋印塔の一部も置かれている。法名が書かれた墓もあるので、江戸時代に仏葬で葬られた人のものもあり、歴史を感じさせる。

大伴橘翁の墓

正面に「祠官權中講義大伴宿禰橘翁墓」とある。祠官は明治五年（一八七二）の布告で神社の長官をさす名称。權中講義も明治五年に教部省が置いた教導職の第十階にあたる。大伴宿禰（すくね）の宿禰は天武天皇の定めた八色姓（やくさのかばね）の第三の呼び名。

左側面に「明治十五年四月十五日建之」「門人中」とある。橘翁（きつおう）の没年は明治十五年三月十七日だから、ひと月ほど後の四月十五日に門人たちが墓石を建てたわけだ。門人の名がわからないのは残念だが、『近世近代東三河文化人名事典』に久野旺美（くのおうび）（一八二〇〜一九〇〇）という吉田藩士が大伴橘翁門の歌人と書いてある。正久も当然門人といっていい。

右側面は苔で文字が読めない。ここに大伴橘翁の伝記が書いてある。一行が十九字で十行ある。相当細かく書いてあることはわかるが、判読不明である。わずかに読める部分は一行目の「翁生〇〇〇〇〇〇志皇學又通于國學〇〇〇」程度だ。

皇学とは『古事記』、『日本書紀』、「延喜式祝詞（のりと）」などの皇典を詳しく研究する学問で、大国隆正の門人の鈴木重胤（しげたね）（一八一二〜一八六三）が唱え、明治元年に京都に皇学所が開設された（翌年廃止）とき、名称として使われている。ここは、後の明治十四年に宝飯中学校が国府に設立され、大伴橘翁がその皇学の教員になったことを意味しているだろう。

橘翁の墓碑の隣に妻の墓が並んでいる。正面に「大伴宣光室」「美都子墓」とあり、右側面に「安政六己未年四月十七日卒」「長澤松平氏息女」「法名清臺院戎室慈香大姉」と三行に記してある。

　長澤松平氏とは徳川家の十八松平の一つで、宝飯郡長沢(ながさわ)を根拠としたからこう称される。幕末のころの当主は第十八代目の松平忠敏(ただとし)（一八一八〜一八八二）で旗本。長沢なら国府から東海道を西に四、五キロ行ったところである。橘翁の妻は名門・松平家の姫で、松平忠敏の姉妹ではなかろうか。

　安政六年は一八五九年なので橘翁（一八一一年生れ）が四十八歳の時だ。美都子刀自(とじ)が何歳で亡くなったか不明だが、橘翁より数年若いだろうから四十代前半だったろう。美都子と「子」をつけているのは珍しい。京都の公家や徳川家の女性には例があるそうだから、長澤松平家の女性として特別に称していたのだろう。

大伴橘翁の墓

「法名」がついているから仏葬されたわけだが、寺は西明寺だったそうだと神道氏から聞いた。西明寺の和尚に戒名を付けてもらったらしい。
　二人の間には親光(ちかみつ)（一八四三〜一八九八。明治になって彰(あきら)と改名）とみさほ（岡崎六所神社の大竹将監の妻）と、もう一女があり、その娘は岡崎の伊賀八幡宮の柴田千箭(せんや)（後に顕光(あきみつ)と改名）に嫁いでいる。

大伴親光（彰）の墓は「故縣社八幡宮社司大伴彰墓」と正面に書いてある。その右側面には「明治三十一年十二月十日歸幽」「行年五十六齢」とあり、左側面には「明治三十二年秋大伴忠雄建之」とある。明治三十一年に五十六歳で亡くなったとしたら、生れたのは天保十四年（一八四三）で、橘翁三十一歳のときである。

第五章　大伴橘翁の和歌と文

大伴といえば、二〇一九年から「令和」という年号になったが、その出典が『万葉集』の大伴旅人の歌だった。旅人の子の大伴家持は『万葉集』の編者だが、賀茂に住む者としては大伴神社を連想する人がいるはずだ。八幡宮の大伴家と賀茂の大伴神社は何か関係あるのではなかろうか。

賀茂の大伴神社は、昭和四十年（一九六五）の耕地整理以前まで城前と鶴巻の間の字御燈田にあった忠魂碑（明治四十五年〈一九一二〉建立）の場所に、明治四十一年まであった。大伴神社の御神体は賀茂神社に合祀され、跡地に建てられていた忠魂碑も昭和四十年の耕地整理の時、賀茂神社の境内に移された。

賀茂の大伴神社と八幡宮の大伴家が関係あるとしたら、江戸時代よりもっと古い時代のことではなかろうか。大伴家持が死後、藤原種継暗殺事件に関与したかと疑われ、大伴氏一族の勢力は衰えた。弘仁十四年（八二三）淳和天皇の諱大伴を避けて、氏を「伴」と改めた

その後、伴善男が大納言となったが、貞観八年（八六六）応天門の変で伊豆に流されたりして、振

るわなくなる。その子孫は全国に散らばり、その一派である三河の大伴氏は有力な豪族として三河に土着したと推測されている（『国史大辞典』2他の資料による）

賀茂の賀茂神社と大伴神社

賀茂神社は京都の上賀茂神社から勧請（かんじょう）された。賀茂周辺は小野田庄といったが、ここが上賀茂神社の荘園になった時に現在地に祀られたはずである。それと同時に上賀茂神社の禰宜をしていた竹尾氏の遠祖が賀茂神社に奉仕することになったのだろう。

摂社の貴船神社も京都の貴船神社から勧請されたので、賀茂神社と同じ頃には賀茂の地にあっただろう。一方、大伴神社は御燈田に境内があり、賀茂神社ができる以前からあったのではなかろうか。

現在の賀茂神社境内の忠魂碑

しかし、江戸時代には賀茂神社として百石の御朱印をもらい、主として賀茂神社に奉仕する竹尾氏五十石、大伴神社に奉仕する加藤氏（大伴氏）二十五石、貴船神社に奉仕する中野氏二十五石に分けて、三家で奉仕する形態をとっている。このことは那賀山乙巳文

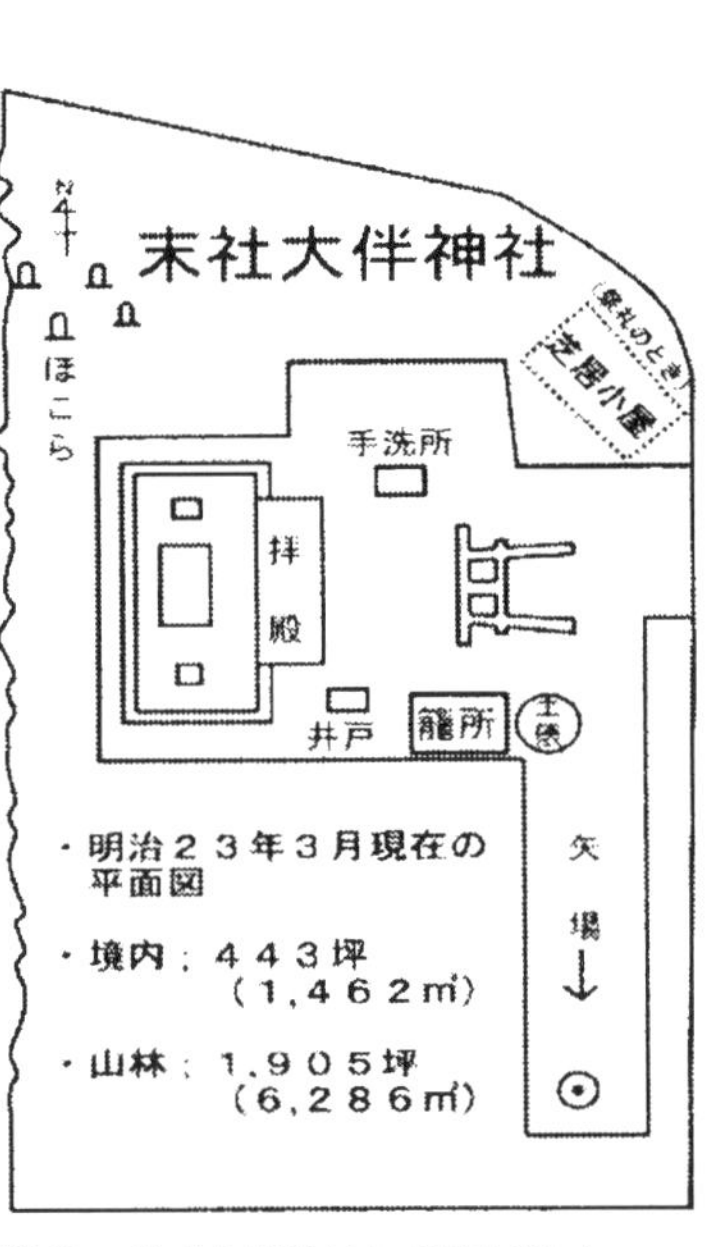

瀧川一美「大伴神社」記事に記す
大伴神社（白井啓氏整図）

『賀茂縣主竹尾家と其一族』にその間の経緯についてふれている。

それは「慶長五年関ケ原戦後、慶長八年家康が征夷大将軍となるに及んで、家康は第一に大名の国替を行って、人心の安定を計り、ついで全国の社寺の由緒あるものに朱印地を付けた」「この時竹尾彦太夫茂家（しげいえ）が奉仕してゐた八名郡の賀茂神社は、家康が永禄十一年（一五六八）遠州へ進軍の際當社へ参詣戦勝を祈念して以来（このとき例大祭で掲揚する大旛を奉納したといふ）天正元年（一五七三）長篠攻城の際にも同じく戦勝を祈念し、尚又或時戦難を當社殿の内に避けて追兵を免れたといふ由緒をもつて特に御朱印百石を賜ふこと、なつたのである」（那賀山乙巳文・前掲書三〇～三一頁）とある。家康の感謝の表われが百石の御朱印になったのだろうが、もう一つの背景に、茂家の叔母（父・茂久の妹）に「徳川家康公に近侍ス」という女性がいた（九頁）ことも注目される。

ただ、賀茂神社より大伴神社のほうが古いという認識は忘れられず、元禄の頃（一六八八～一七〇四）に竹尾家と大伴家が訴訟を起こしており、幕末から明治にかけても再燃させている。この間の神職の争いについては岩瀬専一（いわせせんいち）「神官の争いをめぐって―大伴社家の資料より」（一）（二）（『三河地域史研究』第七号、一九八九、第八号、一九九〇）や坂田正俊（まさとし）「明治維新と加藤監物」（一）～（九）、（『賀茂文化』四七〇号～四七八号、二〇一九、三～十一月）に詳しく論じてある。

寄進地系荘園は平安後期以降のこととされるから、賀茂が京都の上賀茂神社の荘園になったのは平安時代までさかのぼるだろう。ただ『延喜式』には勿論、『三河国神名帳』にも賀茂の賀茂神社の名はなく、賀茂の大伴神社の方は『三河国神名帳』の「明神二十二所」の中に「正四位下　大伴明神坐八名郡」（『神道大系三六神社編総記〈上〉』）とあるから、文献上は大伴神社の方が古い。とかく日本では、新しい文化が古い文化にとってかわることはよくある現象なので、賀茂の神社もその例かもしれない。

賀茂の大伴神社と国府の八幡宮の大伴家は何らかの繋がりがあるのだろうが、八幡宮の現在の宮司・神道隆至氏はわからないという。

賀茂の大伴神社については『賀茂文化』の三十六号に瀧川一美氏が「大伴神社」（町歩記第二三回、昭和五十七年五月号）という文を地図や写真まで入れて書いている。

大伴神社趾の碑

今生存中の人で大伴神社の存在を知っている人はいないだろうが、昭和二十年代以前に生れた人なら、大伴神社の旧跡地に忠魂碑のあったことと、賀茂神社の祭礼のとき、御燈田（ごとうでん）の忠魂碑前に十二頭の馬が集合して賀茂神社に向かったことを覚えているはずだ（白井覚氏『幼きものに』昭和六十一年、一九六頁）。

八幡宮の大伴家系図

神道隆至氏に大伴氏の家系図を見せていただいた。系図の前に次の前文がある。

大伴乃遠祖天押日命苗裔武日連五十六世孫大伴朝臣光氏勅使則当宮初代尓嫡之也　元者大江氏惟為天智天皇依勅定此者庶子譲神主一家代々氏者大伴名家寺部名乗也

（意味）大伴の遠祖は天押日命の苗裔の武日の連の五十六世の孫である大伴の朝臣光氏である。勅使として赴任したので当八幡宮の初代となり、これを嫡ぐ。もとは大江氏である。これは天智天皇の依勅による。これを定めたのは庶子（東宮職）で神主一家を代々継がせるためである。氏は大伴の名、家は寺部を名乗としている。

この文章は古い文書に残る記録に依っているとのことだが、漢文ではなく和文を漢字で書いたものなので読みにくい。大伴の姓で統一してあるので、大伴橘翁より後に整理されたものである。橘翁自身が書いたものかもしれない。

天智天皇の依勅で、東宮職が神主に任命したとある。「庶子」は普通嫡子以外の子をさすが、ここは太子づきの官で東宮職の意味となる。『書経』を出典とする漢語である。天智天皇の東宮は大友皇子（弘文天皇）だ。天武天皇ではない。壬申の乱（六七二）直前といえようか。

初代が大伴光氏で元は大江氏だったが、天智天皇の勅により神主となった。その後に代々の世襲名が記してある。

初代　大伴光氏（寺部兵庫頭）
二代　大伴光守（寺部兵庫頭）
三代　大伴光貞（寺部図書頭）

と続き、「二十八代　大伴由光（寺部助太夫）」（慶長九年〈一六〇四〉）から江戸時代になる。江戸時代に入って九代目が三十七代大伴宣光（橘翁）で、天保十三年（一八四二）に阿波守寺部主殿となっている。

賀茂の大伴家（加藤姓を名乗る）の系図がないので、どの時代に両家が関係していたか分からないけれど、全く無関係だったとは思えない。江戸時代でないにしても、それ以前に関係があったに違いない。賀茂の加藤家は江戸時代には主に大伴神社に奉仕し、賀茂の神社全体の禰宜であった。

「大伴宣光集」

大伴橘翁の著作について『近世近代東三河文化人名事典』の「寺部宣光」の項に、『梅園文集』（師の中山美石の遺文集を宮路恒雄と共編したもの。平成三十年に古文書講座火曜会により未刊国文資料刊行会から出版されている）、『万葉集類詞抄』二十八巻（文久元年〈一八六一〉に羽田文庫に奉納、現豊橋市立中央図書館蔵）の他に『大日本史竟宴歌集』（天保八年成、現東京都立中央図書館蔵）、『八幡宮御伝記』（元治元年〈一八六四〉成）などの編著がある。自筆の歌集稿本に雑記『筆の随々』（弘化四年〈一八四七〉）があり、久野旺美筆写の『大伴橘翁先生文章集』（七七編所収）が知られる。（八七頁）

とあるので、橘翁は、自筆の歌集稿本と久野旺美筆写の『大伴橘翁先生文章集』を残している。このうち文章集は所在不明だが、歌集稿本については熊谷武至氏の『三河歌壇考證』（昭和四十六年、私家版）の『三河文献綜覧』和歌篇補遺の章に、『大伴宣光集』として記載がある（四四頁）。

〔体裁〕自筆半紙本一冊、墨付四十八丁、一丁二十行罫紙使用。遊紙五丁。

〔内容〕部立して、春から冬までを所収、従って恋雑の部があったはずであるが、未見。明治十年の勅題歌松不改色は部立の中に入ってをり、欄外追記に十一年の勅題歌鶯入新年語、十二年の新年祝言などがある。原型は明治十年成立とみてよく、その約五百首へ欄外追記が百七十余首あるので、計六百七十余首となる。

〔成立〕〔著者〕〔参考〕も書いてあるが略す。この歌集がどこにあるか記載してない。熊谷氏が持っていたかもしれない。

大伴宣光の蔵書について神道隆至氏に聞いたところ、愛知教育大学にあるのではないかとおっしゃる。なぜ愛知教育大学かというと、橘翁の曾孫の大伴幸子（一九一五～二〇〇四）さんの夫が傑人（一九〇六～一九八九）氏で、この人は愛教大の教授だった。だから愛教大に寄贈されていると思ったとのこと。だが、愛教大の図書館蔵書目録に大伴でも寺部でも検索できない。愛教大に寄贈されていないのではないか。

大伴家は大伴傑人氏の代に、火事で焼けているそうなので、蔵書は燃えたらしい。だから、宣光の著作も行方不明と思っていたところ、ネットで検索すると『香園歌集　四季』という本がある。「大伴宣光自筆稿本、四八枚五〇〇首欄外追記一七〇余首、計六七〇余首」と説明してあるから、前述の熊谷武至氏が紹介している『大伴宣光集』と同一の歌集だとわかる。

ただ、この『香園歌集　四季』というタイトルは仮題を古本屋がつけたのだろうが、『香実園歌集』とするべきだ。大伴橘翁の屋号が香実園だからで、この屋号は平田篤胤による命名である。

大伴橘翁の詩文

橘翁の『大伴橘翁先生文章集』の手掛かりはないが、それに七十七編もの文章が収められているとすれば、橘翁の文章のほとんどが収録されていたと推測される。ただ、今は所在不明なので、管見に入った文章と和歌を記すと、次のものがある（「豊橋図」は豊橋市立中央図書館、「豊橋美博」は豊橋市美術博物館の略）。

1、天保十四年（一八四三）「三河国官社私考」の序。（豊橋図）

2、天保十五年（一八四四）「官社詣の日記」（草鹿砥宣隆）の序。（豊橋美博）

3、弘化四年（一八四七）六月「しれものがたり」「地震物狂」（『夜須玖迩婦理（やすくにぶり）』所収）、これは弘化四年三月二十四日に起きた善光寺地震を踏まえたもの。（豊橋美博）

4、安政四年（一八五七）以前「神部さとし言」。（豊橋美博）

5、文久四年（一八六四）「文久四年甲子歳」（竹尾正久編）に歌が採られる。（豊橋図）

6、慶応二年（一八六六）『類題三河歌集』（竹尾中務輯。五人の撰者の一人）に和歌六十三首、

旋頭歌一首が選ばれ、これは村上忠順と釈公阿に次ぐ三番目である。（豊橋図）

7、慶応三年（一八六七）「三河本宮紀行」（鈴木光重、大伴宣光、財賀寺の義宣の三人で一宮本宮を参拝した時の紀行文、熊谷武至『三河歌壇考證』に翻刻）。

8、明治二年（一八六九）『類題嵯峨野歌集』（村上忠順選）に歌が選ばれる。（豊橋図）

9、明治十二年から没後の明治二十九年まで各種の歌集に和歌が採られている（熊谷・前掲書八二頁）。

10、年代未詳「和歌書付十首」羽田野敬雄宛の半紙。（豊橋美博）

これらの詩文をみても、叔父・橘翁の正久への影響がどのようなものであったか具体的に知ることはできない。ただ橘翁は母の弟ということもあり、幼いころより親しく接する存在だったろうから、国学や歌道に関しての先達だったことは確かである。その縁で、橘翁は正久を旧知の三宅凹山に紹介したわけだが、漢詩ではなく和歌を好む正久をなぜ財賀寺の僧に仲介したか。両者の人柄を見抜いて、うまがあうだろうと思ったのかもしれない。

第三部　竹尾正久、世に出る

第一章　竹尾正久編輯『類題三河歌集』

竹尾正久の最大の業績は、慶応三年（一八六七）三十四歳の時に正久が中心になって編輯した『類題三河歌集』上下巻の出版である。

豊橋市立中央図書館に所蔵される同書の表紙裏に「賀茂正久大人輯／類題三河歌集／松塢亭（しょうおてい）蔵板」とあり、下巻の奥付に「竹尾中務輯／書肆　三河新堀（しんぼり）／深見藤吉」とある。「中務（なかつかさ）」とは本来は律令制の太政官八省の一つの名称で、宮中の政務をとり扱う役所の名からきているが、正久がその官職についていたわけでなく、号として使っていた。

『類題三河歌集』は序文を刈谷藩の藩医で国学者、歌人としても高名な村上忠順（ただまさ）（一八一二～一八八四）が書いており、「慶応二年三月　村上忠順」と署名しているので、刊行もその年とされることが多い。

しかし、下巻巻末の跋文を、平田篤胤の門人で国学者、羽田神社の神主・羽田野敬雄（一七九八～一八八二）が書いていて、「七十翁栄樹（さかき）園主羽田野敬雄」と署名している。羽田野敬雄が七十翁とい

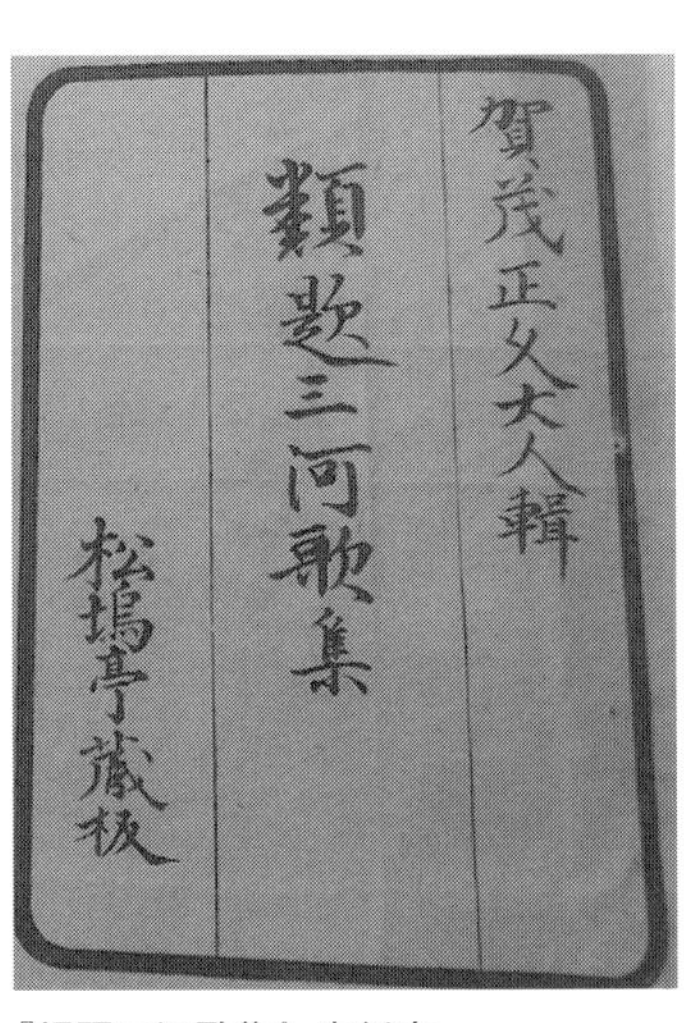

『類題三河歌集』表紙裏
（豊橋市立中央図書館所蔵本）

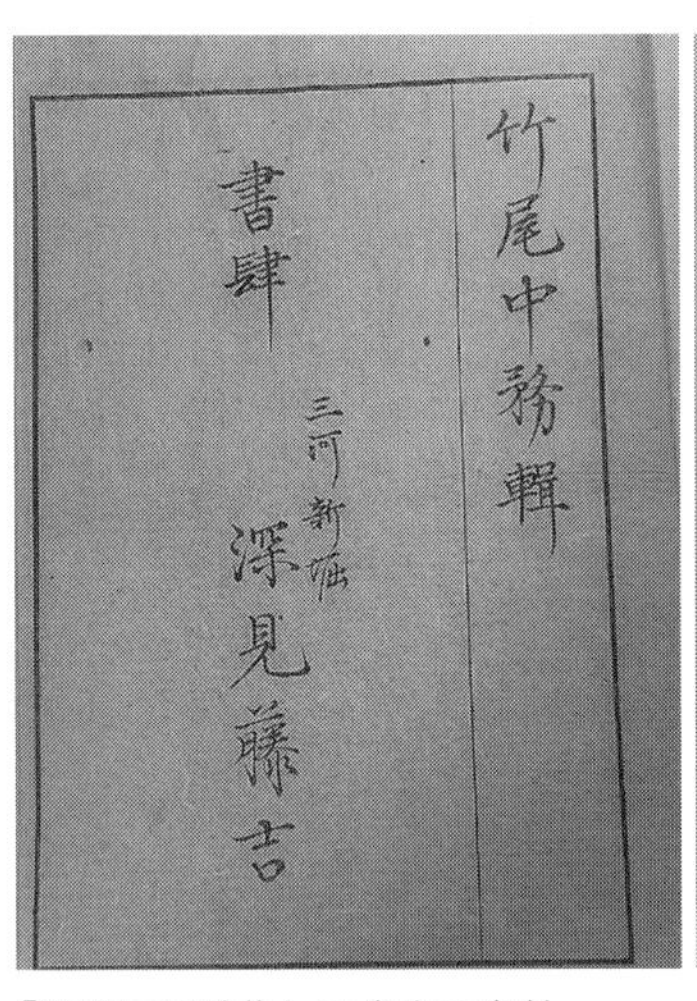

『類題三河歌集』下巻末の奥付

うには慶応三年（一八六七）でないと数えでいっても七十にならないから、この書の刊行は慶応三年としたほうがいい。序文は事前に依頼することがあるから年月が前に来たわけだ。

　こういう混乱も奥付に刊行年月日が記してないから起こることで、拙速の謗り（そし）はまぬがれないだろう。

『類題三河歌集』の凡例

　序文の後の「凡例」を正久が書いている。

凡例

此ふみこゝろさすところはすくれたるうたのみひらひいてむとにはあらす此道にこゝろさしふかゝりしもなき人となりて世にしられすなりぬへきと初学の輩のはけみてよみ出ぬへきとをおもひてなれはいたくめてたからぬをもいれたり又もれたらんひとも

あるへしきゝいてむまに〳〵二編に撰いるへし」（1オ）
○はやく世におこなはれたる鰒玉賀茂川鶯蛙武蔵野玉藻これらの歌集に出たる歌はいれす詠史のうたは蓬廬主の川藻集に出せり本國名所の歌は名所歌集を近きほとに撰ひ出へけれは是もいたさす長歌文章もあまたあれとおほくは二編にいたすへし
○女は舊里かたの家名を称る事いにしへの例也されと数多の人々の中には故人もありて」（1ウ）とみにしらへかたきもあれは見やすきまゝに夫の家名にしるせり
○おのれかく物するをともにえらひかうかへたゝしたるは寺部宣光釋公阿村上忠順中山繁樹四人の先輩なり
竹尾正久識」（2オ）

これだけでは分かりにくいので、注釈をつける。
☆ひらひいてむ―拾いだすこと。
☆めでたからぬ―すぐれていないこと。
☆二編―第二編の歌集を編輯する意図があったことを示す。明治十九年（一八八六）に「類題明治三河歌集」を編纂しようとしたが出版に至らなかったようだ（熊谷武至『三河歌壇考証』）。
☆鰒玉（ふくぎょく）―『類題和歌鰒玉集』のこと。加納諸平（かのうもろへい）（一八〇六〜一八五七。夏目甕麿（みかまろ）の長男）編。
☆賀茂川（かもがわ）―『類題和歌鴨川集』のこと。長澤伴雄（ながさわともお）（一八〇八〜一八五九）編。
☆鶯蛙（おうあ）―『鶯蛙集』のこと。本居豊穎（もとおりとよかい）（一八三四〜一九一三）編。

☆武蔵野―『類題武蔵野集』のこと。仲田顕忠（一八〇一～一八六〇。号・蓬園）編。

☆玉藻―『類題和歌玉藻集』のこと。村上忠順（一八一二～一八八四。蓬盧と号す。文久元年〈一八六一〉の序）編。

☆蓬盧―村上忠順の号。

☆川藻集―『詠史河藻歌集』のこと。村上忠順編輯。文久二年三月の序　松塢亭晴月堂蔵板。正久の歌が四首入っている。

☆名所歌集―三河国名所歌集のようなものを刊行しようとしていたようだが、出版できなかったと思われる。

☆舊里かたの家名―結婚前の姓。一家の姓をどうするかは明治になって家族を法的にどう規定するかということと絡み、複雑な経緯がある。明治三年太政官布告で「平民にも氏使用が許可」されたことから、明治五年の戸籍法（壬申戸籍）で一人一名主義となる。明治八年の太政官布告二二号で苗字の使用を義務化され、明治十年九月の民法一八八条に「婦は其夫の姓を用ふ可し」という経緯を経て、明治二十三年十月の旧民法の家族法に「戸主及び家族は其家の氏を称す」と記され、明治三十一年の明治民法の家族法部分が公布・施行され、夫婦同氏が法的に確定された（民法七五〇条）。

☆寺部宣光―一八一一～一八八二。竹尾正久の叔父。宝飯郡八幡宮の神官。明治になり大伴橘翁と称す。

☆釋公阿―一八二一～一八七九。三河幡豆郡横須賀の福泉寺（浄土真宗）住職。

☆村上忠順（ただまさ）―一八一二～一八八四。三河碧海（へきかい）郡堤（つつみ）村出身。国学者。刈谷藩御典医。村上文庫（刈谷市図書館）を遺す。

☆中山繁樹（しげき）―一八二九～一八七八。吉田藩士。中山豊村の子。中山美石（うまし）の孫。

（意味）この『類題三河歌集』が目指すところは優れた歌だけを拾い出そうとしたのではない。この和歌の道に志の深い人でも亡くなって世間に知られないままに終わった人と、まだ歌道を学び始めた人たちが励んで歌を詠むようになるべきだと思っていたので、さほど優れていない作品をも入れた。また漏れてしまった人もあるだろう。そういう人は聞き出して次の第二編に選んで入れるつもりだ。

○以前に出版されて世に行われている鰒玉集、賀茂川集、鶯蛙集、武蔵野集、玉藻集などの歌集に出ている歌は入れない。歴史を詠んだ詠史のうたは蓬廬の主（あるじ）（村上忠順）の川藻集に出ている。本国（三河国）の名所の歌は、名所歌集を近いうちに選んで出す予定でいるので、これも入れない。長歌や文章もたくさんあるが、これらの多くの作品は第二編に入れるつもりだ。

○女性は嫁入り前の実家の家名を称することが昔からの慣例だが、しかし多くの人々の中には亡くなった人もいて、なかなか調べにくい人もいるので、見やすいように夫の姓を記した。

○私がこのように編輯したのを共に選び考えてくれたのは、寺部宣光、釋公阿、村上忠順、中山繁樹の四人の先輩である。

凡例だから箇条書きにして編輯方針をまとめている。所収された作者は、下巻の末尾に「作者姓名録」が付してあり四百九十七名の名があるが、これだけの人物の歌をどうやって集めたのか。
女性は実家の名を名乗るのが慣例だというのは、姓字を許された武士階級のことだったろうが、日本で夫婦が同姓になったのは太政官布告や戸籍法とからんで、さまざまな経緯を経て、最終的に明治三十一年の明治民法の公布・施行からである。江戸時代はだいたい庶民は姓を名乗れなかったし、武士階級の女性は実家の姓を名乗ったようだ。

『類題三河歌集』の跋文

『類題三河歌集』の歌を正久はどのように集め、編輯したのだろうか。それは羽田野敬雄の跋文により推測できる。

これの三河の国に哥(うた)よみふみかく人々はふるくよりいとさはなれど歳月(としつき)を経(へ)ゆくまに〳〵さる人ありきと名をたにしる人もすくなくまして哥文どもは其家々にのみひめおきていたづらにしみのすみかとなりぬるもありぬべければいかでさる人々のをまきえて一巻となしおのがつかえまつる八幡の大神の文庫にをさめて永き代につたへんとはやくより思ひおこしていさゝかはつどへおきつれど身におはぬわさにしあればおこたりかちにのみなりゆきぬるはいとくちをしき事になんさるを学のはらからなる竹尾正久おなし心に思ひおこして国内こと〳〵ゆきめくり名たゝる人々のはさらにもいはずかくれて世にあらはれざるをもあなくり求め四の時恋くさ〳〵などえらびと、のへてかく一部となし三川哥集と名をおふせたるはいと〳〵よろこばしくいみしきいさをにぞありけるおのれはさるちなみもあればいかでそのゆゑよしをとこはるゝを歳頃おもひわたりにしことなればかくつたなきことをかきくはふるになんありける

この傍線の箇所を訳すと、

「学問の兄弟である竹尾正久が、自分と同じ気持ちで歌集を編輯しようと思いたって、三河の国内ことごとく行き巡り、有名な人々の作品は言うまでもなく、埋もれてしまい世に知られないで終った人も捜し求め、春夏秋冬の四時、恋、雑に分類して、このように一部とし、三川歌集と名付けたのはたいそう喜ばしく、立派な業績である」

と書いてある。これでみると、歌の収集は竹尾正久が三河の各地を経廻って得たようである。

すなわち碧海郡は五十一名の名があげてあるが、村上忠順一族が十七名で、深見篤志一族も十七名いる。村上忠順は序文を書いた人だし撰者の一人でもある。深見篤志（藤吉）はこの歌集の書肆だから、出版にあたって金銭上の責任を負った人である。この二家を中心に人脈をたどり、歌を集めたのだろう。

同様に賀茂郡二十名は猿投の三宅氏、衣の鈴木氏のところを拠点としただろうし、額田郡百二十名は岡崎の柴田氏、伊賀神社の柴田氏、舞木八幡宮の竹尾氏が目に付く。幡豆郡八十四名は横須賀の福泉寺住職の釈公阿（撰者）と西尾の矢野政弘、内田信由が歌数多く採られている。特にここは僧二十八名の作があるのが注目される。公阿に依頼して集めたのだろう。

宝飯郡は四十五名で旗本の長沢松平忠敏、大清水英棟がおり、八幡の寺部宣光（撰者）一族、財賀寺の義宣、当古の大林氏、一宮の草鹿砥氏がいる。

設楽郡は十四名で鳳来寺の僧の名が数名記してあり、新城の大石氏、菅沼氏がいる。八名郡（二十六名）は地元で竹尾氏以外は賀茂の加藤氏、大野の大橋氏、小川の菅沼氏、橋尾の竹生氏等である。

最後の渥美郡は百三十九名と最大の人数を数え、吉田藩の大河内松平信順公（一七九三～一八四四）を初めとして、中山繁樹（撰者）一族、山中五百杵、岩上登波女、西村多米女、牟呂八幡の森田氏、羽田八幡宮の羽田野氏、伊良湖の糟谷磯丸など多彩である。

ほとんどの歌人が武士か神職か僧侶で、女性の名が多いのも注目される。すべてで五百十四名の歌千六百七十四首を収めている。僧八十九名、女性七十六名で、故人は百五十六名にのぼる。故人の歌を捜し出すのは難しく、これだけの数の歌を載せるには相当な苦労があったであろう。

糟谷磯丸（一七六四～一八四八）や岩上登波女（一七八〇～一八六二）などは有名な歌人だから歌集もあるが、一首のみ載る人が三百四十三名もいる。その歌は歌人同士のつながりを辿るか、その人の家人に頼んで捜してもらうしかない。相当な数の歌を残した人でないと簡単ではなかったはずである。

正久が集めた歌を、先輩の村上忠順、釋公阿、寺部宣光、中山繁樹とともに、五人で取捨選択し類題に従って分類したわけだが、五人の編集者の意向が相当入っていることは熊谷武至氏の『三河歌壇考証』の「類題三河歌集」続傍註に詳しい記述がある。

『類題三河歌集』下巻の後ろの「作者姓名録」に名はないが歌はあるという人がいると、熊谷武志『三河歌壇考証』「類題三河歌集」続傍註に指摘されている（一〇六頁）が、人名だけでなく歌数についても数えるたびに違ってしまう。

そこでパソコンのExcelを使って作者を整理してみたところ、熊谷武志氏の指摘以外にも姓名録に書いてない人物がいた。熊谷武志氏が指摘する名は、鈴木重節、大橋義成、杉浦於本伎、釈観誠、坂部幹善、伊藤佐以女、釈寂道、釈禅超、近藤直愛、高橋篤議、鶴田末智女で、このうち伊藤佐以女と鶴田末智女の二人は、姓名録に「才女」「満智女」とある人と同一人だろうとしており、残り九名の名がないとする。しかし、近藤直愛の名は幡豆郡にあるので、八名としなくてはならない。

同様に歌は採られているが姓名録に名のない人が他に、釈実言、白井武済、鈴木重愛、釈暎然、宮田眞則、釈義教、浅井竹甫、平松秀光、釈徳空、釈道武の十名がいた。そうすると全部で十八名の名が姓名録から落ちていることになる。

一方、姓名録に名はあるが作品がない人物がいる。「幡豆　寺津　坂部幹信」と「渥美　大崎　高柳兼許」の二人である。坂部幹信は坂部幹善のことかもしれないが、かってに決めつけるわけにはいかないので、別人としておく。

『類題三河歌集』の「作者姓名録」

この姓名録は誤りが多く、作品に「松枝峯子」とあるのは幡豆郡の「松平美祢女」だろうし、「木村正通」は渥美郡の「木村正道」（一八〇二〜一八五二）、「井野近知」は幡豆郡の「榊原近知」、「加納祥径」は賀茂郡の「加藤祥径」、「森美純」は額田郡の「森義純」、「松下網前」は額田郡の「松下網

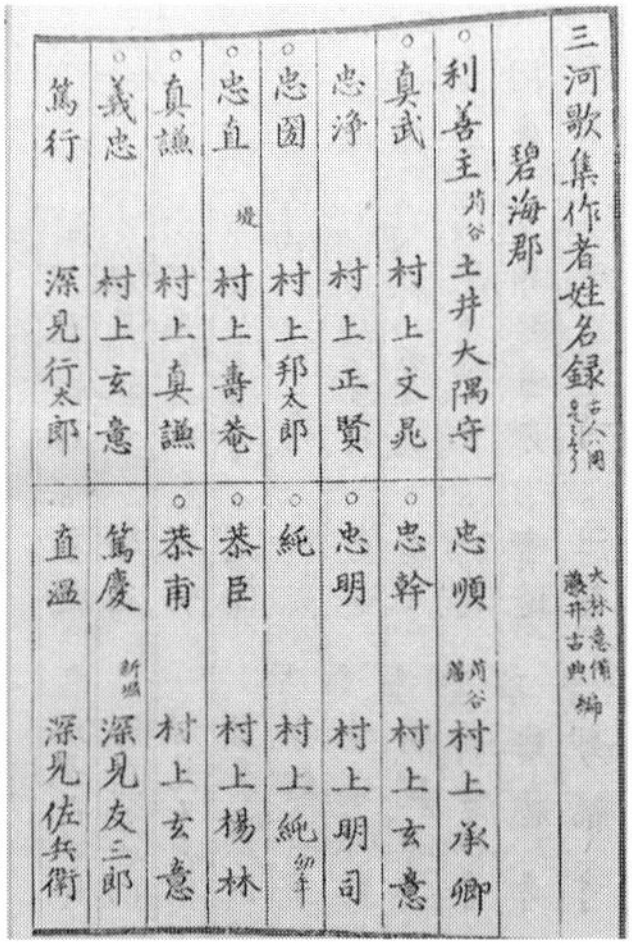

三河歌集作者姓名録
大林意備
藤井古典　編
碧海郡
○利善主　片谷　土井大隅守
○真武　村上文晁
忠浄　村上正賢
○忠圀　村上邦太郎
○忠直　村上壽庵
○真謙　村上真謙
○義忠　村上玄意
篤行　深見行太郎
忠順　片谷　村上承卿
○忠幹　村上玄意
○忠明　村上明司
○純　村上純
○恭臣　村上楊林
○恭甫　村上玄意
篤慶　深見友三郎
直温　深見佐兵衛

『類題三河歌集』下巻末の姓名録

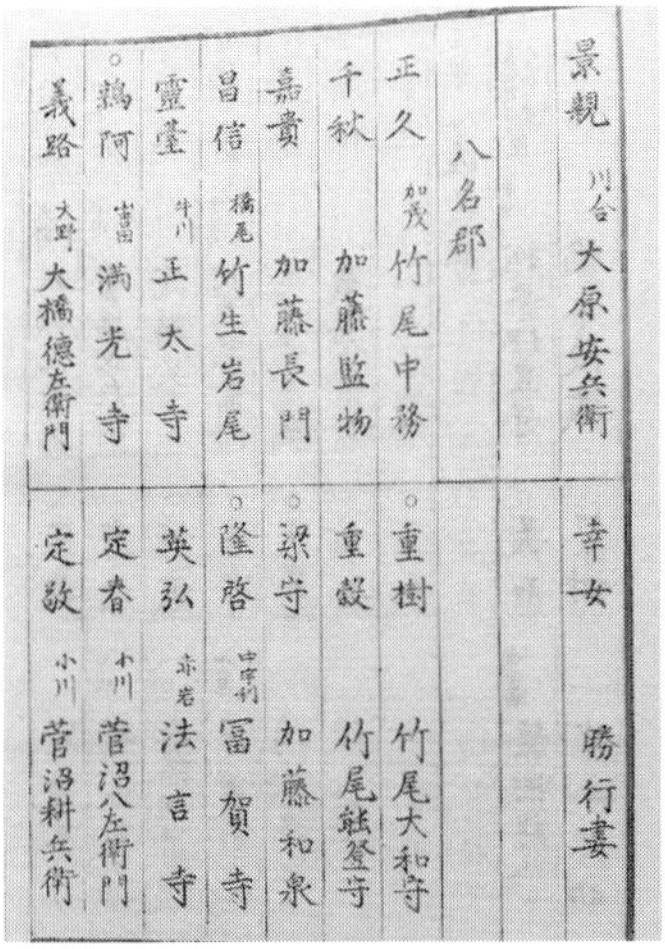

景観　川合　大原安兵衛
八名郡
○正久　加茂　竹尾中務
千秋　加藤監物
嘉貴　加藤長門
昌信　竹生岩尾
靈臺　牛川　正太寺
○鶴阿　満光寺
義路　大野　大橋徳左衛門
幸女　勝行妻
○重樹　竹尾大和守
重毅　竹尾駿登守
○梁守　加藤和泉
○隆啓　冨賀寺
英弘　赤岩　法言寺
定春　小川　菅沼八左衛門
定敬　小川　菅沼耕兵衛

姓名録の竹尾正久の部分

前」、「佐藤安全」は渥美郡の「和田安全」、「松本夏繁」は渥美郡の「松本夏茂」ではないかと思う。正久の父・茂樹を重樹、兄の茂穀(しげよし)を重穀と記すように漢字は発音が同じだと別の字を使うことはよくあるので、ことさら問題視することではないのだが、字形の読み間違いもあるような気がする。

　こうなったわけは「作者姓名録」を編集した大林意備(もとよし)（一八四三～一九一六。宝飯郡平井の大林重兵衛）と藤井古典(こてん)（一八四五～一八八五。渥美郡高須新田の藤井松平）が、歌の採択作業が終了しないうちに姓名録の編集にかかったか、一応の編輯が終わって姓名録を作った後で、編輯者が採択歌の出し入れをしたかのどちらかだろう。

　歌集の編集は『新古今和歌集』の例（藤原定家らが編集し終わった後にも切り継ぎがあり、さらに後鳥羽院が隠岐に流された後に手を加えている）をみるまでもなく、一応の完成をみた後から「切り継ぎ」（改訂）されることはありえる。その結果がこうした和歌の作者名と「作者姓名録」の齟齬を招いたものと思われる。

作品数は春部三百六首、夏部二百四十九首、秋部三百二十九首、冬部二百二十九首、恋部二百二十六首、雑部三百四十首、旋頭歌六首、長歌七首の千六百九十二首と、文章八篇である。

ただ作者名のない作が五首あり、それは雑部ばかりにある。題でいえば「黄」の和歌は直前の釈公阿の作とし、「黒」は直前の石川千濤の作、「寄舟述懐」は草鹿砥宣隆の作、「聲聞」の音空の作の次の作は音空、公阿の次の作は公阿としておく。

釈公阿の作を二首増やし、石川千濤と草鹿砥宣隆と音空の作を一首ずつ増やして計算し、その上で採られた作品の多い順にあげると、村上忠順六十八首、釈公阿六十六首、寺部宣光六十四首、大清水英棟（陣右衛門、宝飯郡長沢の人）四十六首、富田常業（一七八九～一八七五。群藏、額田郡本宿の人）四十五首、松平忠敏（一八一八～一八八二。旗本、長沢松平家の十八代当主、上総介）四十二首、中山繁樹四十一首、岩上登波女（一七八〇～一八六二。浜松藩医馬目玄鶴の二女、吉田藩・岩上俊隆の妻、岩上六藏の祖母）四十首、矢野政弘（雲八、幡豆郡西尾藩の人）三十八首、石川千濤（文吾、額田郡岡崎の人）三十七首、中山美石（一七七五～一八四三。吉田藩士、繁樹の祖父）三十七首、竹尾正久三十二首となる。

正久の作品は十二番目に多く採られている。

作者の人数は五百十三名であり、一首のみの入集者は三百四十三名だから、幕末までの三河歌人を網羅できているし、むしろ無名の歌人を掘り起こしたといえるだろう。それは、姓名録の○印を信ずれば百五十六名の故人の名があり、七十四名の女性、九十二名の僧侶の名があることからも推測できる（姓名録に載っていない僧もいるので僧はさらに増える）。故人や女性の作品を集めるのはかなり難しかったのではないだろうか。

ただ、前に紹介した「凡例」に正久自身が触れているように、幕末のころに「類題」を名乗る歌集が多く編集されている。『鰒玉集』『鴨川集』『武蔵野集』『玉藻集』『河藻集』などがあり、これらを正久は見ている。だが、これらは三河に限定されたものではない。基本は全国の歌人の作品を載せるものなので、三河歌人は必ずしも多いわけではない。

第二章　『類題三河歌集』の正久の歌

『類題三河歌集』に収録された竹尾正久の歌は三十二首あるが、編輯者五人（村上忠順（ただまさ）五十四歳、寺部宣光五十五歳、釈公阿四十五歳、中山繁樹三十七歳、竹尾正久三十四歳）の中で最も若いためか最も少ない。遠慮したのかもしれない。それでも四季と恋・雑のそれぞれに四首から六首載せている。以下、正久の歌の大意を記し、関連する注釈をしておく。

竹尾正久の歌「春」の部

上巻の「春」部からみていこう。「類題」と書名にあるように、すべての歌に「題」がついており、その後に歌が書いてある。春の部は五首。（　）内の数字は丁数と「オ」は表、「ウ」は裏のこと。

早春　硯の海こほらぬけさは打むかふつくゑの嶋も春めきにけり　竹尾正久（4オ）

最初の作は四丁目オモテにある。また、初出の時は名前の部分に姓も書いてあり、二度目からは名のみになる。

この作は「早春」という題の下に作られた作。「早春」といっても旧暦で考えないといけない。新暦なら二月から三月頃をさす。春とはいえ、まだ寒い日がある。部屋の机の硯の水をためる部分を海という。その海に昨夜からためたままの水が今日は氷っていない。机は座り机だ。その前に座り、机の周り（嶋といっている）もいかにも春めいてみえるなあと感じた。春を硯の水が凍らないところに焦点をすえて描いていて新鮮である。生活の中での実感を歌ったものだろう。

霞　さほ媛やいとなかるらむ春たちて霞の衣きぬ山もなし　正久（8オ）

「さほ媛」は奈良の東大寺の西北一帯、法華寺町にある佐保山の神霊で、春の女神とされる。平安時代以降、秋の竜田姫と対になって表現される。後鳥羽院に「佐保姫の霞の衣ぬきをうすみ花の錦をたちやかさねむ」（春の女神の佐保姫がきる霞の衣は横糸が少ない薄織りなので、錦のような花の衣を裁ち縫って重ねて着ている美しさだ、の意。『後鳥羽院御集』）という和歌があり、こうした平安時代の歌を意識している。「いとなかる」は「いとまがない。ひまがない」の意。歌の意味は「さほ媛は暇がないだろう、春になって霞の衣を着ない山がないほどどこもかしこも春の女神により美しく飾られている」である。

春月　梅かゝも朧（おぼろ）にかすむ春のよは月にうかるゝ始（はじめ）也けり　正久（9ウ）

「梅かゝ」は梅の香のこと。歌の意味は「梅の香りもほんのり漂って春の朧にかすむ時期、夜になって月がでると浮かれ始めるのであった」である。春の月光の下、梅の香がただよう中を浮かれでるさまを描いている。「なりけり」は断定の「なり」に過去回想の「けり」をつけたもの。詠嘆の気分が含まれている。

燕　なれてくる吾家（わがや）の燕（つばめ）人ならはすみけむ國のことや聞（きか）まし　正久（10ウ）

毎年、春になると燕が渡ってきて巣をかける。「慣れてきた我が家の燕よ、おまえが人間ならばこちらに来る前に住んでいただろう国のことを聞きたいものだ」の意。渡り鳥の燕に対して親しみの情を示している。背景に異国への関心があるかもしれない。

花時忙　野に山に心の駒（こま）ははさせても見つくしかたき花盛（はなざかり）かな　正久（15オ）

「花」は桜の花。「はさす」は走らせる意。『万葉集』巻十四の相聞往来歌（三五四二）に「さざれ石に駒を馳（は）させて心痛み我が思ふ妹（いも）が家のあたりかも」（砂利の上に馬をかけさせると痛いように、私の心が痛むので思い人のあなたの家の近くにきたことがわかるなあ）がある。「野にも山にも馬を走らせてすべての花を見たいと思うのに、見つくすことのできないほどの桜の花盛りだなあ」という意味になる。あちらの桜こちらの桜と花の盛りに心浮き立つ思いがするのは、今の我々だけではない。

正久は「心の駒」を走らせても見つくせない思いをつづる。この頃の桜は染井吉野でないことは確かで、山桜系の桜であろう。

竹尾正久の歌「夏」の部

夏の部は六首ある。

新樹　ゆつかつら若(わか)はの色もあかなくに香(か)さへこほるゝ露の朝風　正久（20オ）

「ゆつ」（斎(ゆ)つ）とは「神聖な」という意味の古語。神聖な桂(かつら)の木という意味になる。用例は記紀や『万葉集』にある。例えば『日本書紀』神代・下・第九段に「止湯津杜木杪」（ゆつかつらのすゑに止る。杜木は「かつら」、杪は「こずえ」のこと）とある。『類題三河歌集』下巻の正久作の長歌「新樹」でも「吾屋敷の井の邊にたてるゆつかつら」と詠んでおり、自宅の桂の木の新緑をうたったものと思われる。

「あかなくに」は「まだ名残惜しいのに」の意。『伊勢物語』八十二段に「あかなくにまだきも月の隠るるか山の端(は)逃げて入れずもあらなむ」（名残惜しいのに早くも月が隠れるのか、山の端の方で逃げて月を入れないでほしい）と使われている。竹尾正久の歌は「神聖な桂の木の若葉の色を楽しむのがまだ名残惜しく思うのに、朝露を吹きぬける風に香までこぼれるようにかおっている」という意味になる。

深夜蛍　さ夜更て月はかくるゝ道しはの露を見せてもとふ蛍哉　正久（26オ）

「さ夜」の「さ」は接頭語、「夜」と同じ意味。「道しは」は「道の傍らに生えている葉の長い草、道端の芝」。『千載和歌集』に藤原俊成の「頼めこし野辺の道芝夏ふかしいづくなるらん鵙の草ぐき」（恋人が会う約束をしてあてにしていたのに、野辺の道芝は茂り夏深まり、あの人はどこに住むのか、鵙が草にもぐるように姿を見せない。巻十三、恋三、七九五）の例がある。歌の意味は「夜が更けて深夜となり、月は見えなくなった暗闇を路傍の草の露を蛍の光がキラキラとひからせながら飛んでいることよ」である。

雨後夏月　ゆふたちの名残の露に風見えて月もかけ散園のむら竹　正久（27オ）

「雨」は夕立ちのこと。「むら竹」は叢竹で群がりはえている竹。「夕立ちが降った後の水滴が、露が下りたようになっており、涼しげな風が吹いて庭の群竹の水滴にひかる月影が雫となって散っているよ」。「名残」という言葉は恋の句によく使われるが、ここの「名残」には恋の気分はなさそうだ。

蓮　水の上はすゝしかるらむてる日にも池の蓮そゑみさかえたる　正久（28オ）

「蓮の花が池に咲いている。池水の上は涼しいだろう。暑い日の光の注ぐ中にも、まるで笑っているかのように盛んに咲いている」の意味。「池の蓮」の蓮は「はちす」とよみ、ハスの古名。ここでは仏教の蓮花座の意味はないだろう。

松下納涼　端居（はしい）してしくれに丶たる音きけは夏の夜（よ）さむし軒の松風　正久（30オ）

「端居」は「はしい」とよみ、縁側などにいること。夏目漱石や泉鏡花など文豪の作品や俳句に用例が多いが、和歌には用例がないかもしれない。「しくれ」は時雨で、降ったりやんだりする小雨。「縁側で夕涼みしていると、ザァッと時雨のような音がする。夏の夜、軒端の松風の音がさむさを誘い、涼しい気分になることだ」の意味である。

夏燈　水そ丶く庭の木陰（こかげ）にともす火はもゆる物から涼しかりけり　正久（31オ）

「夏には庭中に水をまく。そんな中、庭の木陰に火をともしても、燃えるものではあるが、どこか涼しい気がするなあ」の意味。夏の火というと盆の迎え火を連想するが、決めつける必要はない。

竹尾正久の歌「秋」の部

次の秋の部は五首ある。

月前虫　露しけみ草のたもとはかつきてもぬる丶かむしの月になくなる　正久（35オ）

「露しけみ」は「露をしげみ」というに同じ。「…を…み」で原因・理由を表す。「露が多く下りているので」の意。用例は『千載和歌集』前大僧正覚忠「旅衣朝立つ小野の露しげみしぼりもあへずしのぶもぢずり」（朝旅立つ小野の露がしげって重いので信夫文字摺（しのぶもじずり）りの旅衣はしぼりきれないほどにぬれたことだ。巻八、五二四）とか『新古今和歌集』堀川右大臣「露しげみ野辺をわけつつから衣ぬれてぞかへる花のしづくに」（露が多く置いているので野を分けながら衣はぬれて帰ることだ、花の雫で。巻五秋下、四六六）など多くあり、古典によく用いられる。「かつき」は「被き」で頭にかぶること。『万葉集』や平安時代の和歌に出てくる「かづき」は「潜く」の例ばかりで、海女が海に潜ることを詠んでいて意味が異なる。「露がたくさん下りているので、草を着物の袂のようにして頭にかぶっても虫は濡れてしまうだろうか、月に向かって鳴いているよ」の意味になる。虫は蟋蟀だろうか。

月　見るからに物をおもへはくはしめにさもはた似たる月のかけ哉　正久（37ウ）

「見るからに」は「見るやいなや」の意。「くはしめ」は「美し女」で美しい女のこと。『古事記』上巻の大国主命がこしの国に妻まぎ（妻を求め）にゆくところに「久波志賣遠　阿理登伎許志弖」（くはしめをありときこして）とある。後の平安時代の八代集に用例がないところをみると古代語であり、正久は『古事記』の知識を基にしているとみることができる。「月のかけ」は月影、つまり月光のこと。「美しい女に出会った時と同じで、見るやいなや物思いにふけってしまう、いかにもまた美女と似ている月の光だなあ」の意味になる。

月前風　かけなからこほるゝ松の露みれは月をも風はさそふなりけり　正久（41ウ）

意味は「明月を愛でようと庭に出てみると、松の下影に露が下りて、その露を見ていると風が吹いてきて、自分だけでなく月までも誘い出すのであった」である。

山路伴鹿　はだ寒き嶺のあらしにたくひ来て山路ともなふさをしかの聲　正久（43ウ）

「たくひ来て」は「類ひ来て」で、いっしょに来ての意。「さをしか」は小牡鹿のこと。「さ」は接頭語。『万葉集』に「山近く家や居るべきさ雄鹿の声を聞きつつ寝ねかてぬかも」（山近くに家居するべきではない。雄鹿の声を聞き続けて眠ることができないなあ。巻十、二一四六）とあるなど用例は多い。「山路を行くと肌寒い嶺の嵐とともに牡鹿がピーッと高い鳴き声をあげているのが聞こえる。秋の牡鹿は求愛の声をあげるわけだが、嶺の嵐の中できくのは寂しかろう」の意味になる。

山路秋興　もみち葉をたつぬる秋の山道にまつをりかさすしらきくの花　正久（47オ）

「紅葉狩りに秋の山道を訪ねてきたが、まず目にした白菊を折って頭に挿した」という意味。秋の紅葉と白菊を描き、色彩のコントラストを見せた風流な趣をうたう。

竹尾正久の歌「冬」の部

冬の部は四首ある。

山家落葉　山里はかけひのみちもたゆるまでつもりにつもる風のもみち葉　正久（51ウ）

「かけひ」は樋。『徒然草』十一に「木の葉にうづもるるかけひのしづくならでは、つゆおとなふもののなし」とある。今も山里に行くと竹などを掛け渡して水を通しているのを見る。「山の中を筧を渡してある道をたどってゆくと、筧がなくなるほど奥山にまで紅葉の葉が風に飛ばされ積もっている」の意味になる。

寒草霜　霜ふれは又花さきぬすゝむしの鳴からしたる野への冬くさ　正久（52オ）

この「すずむし」は鈴虫だろうか松虫だろうか。古典の中では鈴虫と松虫は混同されていて、両者は区別しにくい。ここでは冬草の中で鳴き暮らしたというから松虫をさしているのであろう。鈴虫は七月下旬から十月初旬までリンリンと鳴くが、冬まで生きることは少ないからだ。松虫は秋から初冬にかけてチンチロリンと鳴く。「霜が下りたと思うとまた花が咲くことがある。鈴虫（松虫）がさんざん鳴きからした野辺の冬草だなあ」という意味。冬に咲く「花」は何の花だろうか。

野径雪　袖はらふ陰とたのみて来しものを末野の松は雪のしたおれ　正久（57オ）

「末野の松」は野のはずれの松のことで、特定の場所をさしているのではないだろうが、「末の松山」（歌枕。宮城県の多賀城付近の山）を意識しているかもしれない。また、この歌は藤原定家の「駒とめて袖うちはらふかげもなし佐野のわたりの雪の夕暮れ」（駒をとめて袖に積もる雪を払う物陰もない。この佐野の渡しの雪の夕暮れよ。『新古今和歌集』巻六、六七一）を本歌とする本歌取りの作といってよい。「袖に積もった雪を払うために野原のはずれの松のところに来て見ると、雪の重さで枝が折れてしまい身を寄せるすべもないことだ」の意味である。

冬遠情　ひかけみぬあたりの冬やいかならむた丶さす国もさむき此（この）ころ　正久（59ウ）

「たださす」は直接照らすこと。『古事記』上巻邇邇芸命（ににぎのみこと）に「朝日之直刺國、夕日之日照國」（朝日のたださす国、夕日の日照る国）とある。「日影を見ないほど日に照らされているところの冬はどんなだろう。日が直接射す国までも寒いこのころの季節だ」の意味になる。

『類題三河歌集』の下巻には恋と雑（ぞう）、及び旋頭歌、長歌、文章を収めている。

竹尾正久の歌「恋」の部

竹尾正久の歌は、恋の部にも五首ある。

祈不逢恋　きふね川あふせを人の道にとはおもひやかけし浪の白（しら）ゆふ　正久（2ウ）

題は「祈（いの）りても逢わざる恋」と読む。「きふね川」は貴船川のこと。京都市左京区を流れる川で、鞍馬川の支流。歌枕（うたまくら）でもある。「あふせ」は「逢瀬」で恋人同士があう機会の意。川と瀬と浪は縁語（えんご）である。『新続古今和歌集』第十二、恋歌二、一一八七に「題不知」として定顕（ていけん）法師の「きぶね河逢瀬も波にせしみそぎはては涙の玉ぞちりかふ」（貴船川で逢瀬を重ねたことも無いことにして身を清めたつもりになると結局は涙の玉がちり乱れることになりますよ。『新編国歌大観』第一巻勅撰集編、昭和五十八年、角川書店、七四〇頁）という歌があり、貴船川が恋を導く言葉だったことが窺える。

定顕法師のこの歌を本歌にした本歌取りの歌というほどではないだろうが、京都の貴船川沿いにある貴船神社が縁結びの神とされる信仰も踏まえているのだろう。また、わが賀茂神社の境内に摂社として貴船神社が祀られていることも、竹尾正久の意識下にあったかもしれない。「白ゆふ」は「白木綿（しらゆう）」で、染色していない木綿糸で織った織物のこと。ここでは浪の白さを比喩的に表現したもの。

歌の意味は「きふね川であなたと逢瀬を重ねることは、人の道にかなうこととは思っていませんが、あなたのことは前々から思いをかけていました。川波の白木綿のような真っ白な心で」となろうが、「おもひやかけし」は「思ひやかけじ」と読むこともできるかもしれない。

『類題三河歌集』は濁点を基本的には記していないので、「し」は過去の助動詞「き」の連体形とも、「じ」と濁って否定推量の助動詞「じ」の連体形ともとれる。連体形とするのは係助詞「や」があるからで、係り結びの法則のためである。過去なら「前から思いをかけていたことだ」の意味になり、この訳でよいだろうが、否定推量なら「思いをかけてなどいなかっただろう」となり、訳は「きふね川で逢瀬を重ねることは人の道にかなうことだと思ってなどいませんから、あなたに思いをかけてなどいません」となる。ただ題が「祈不逢恋」だから前の解釈のほうがいい。

後朝恋　明（あけ）ぬとてかへり来（こ）しかとたましひは妹（いも）かあたりをはなれさりけり　正久（4ウ）

「後朝」は「きぬぎぬ」と読む。「きぬ」は衣のことで、男女が共寝して別れる翌朝のことだから、後朝というわけである。「妹」は恋人・妻のこと。歌の意味は「夜が明けたといって帰ってきたけれど、わたしの魂はあなたの傍をはなれませんよ」となる。共寝した翌朝、男女が衣を取り換えることもあったようで、「きぬぎぬの別れ」はつらいと歌われることが多い。だから私の心はあなたのもとにいますよと詠んだ。平安時代の貴族の結婚形態は男が女の家に通う通い婚だったとされるが、ここではそうした知識を背景に歌っているわけである。

契違恋　ちきりおきしするゑの松山かひなくてあた波こゆる袖のうへかな　正久（5オ）

題は「契り違ふ恋」と読む。「するゑの松山」は宮城県多賀城市の近くの山で歌枕である。この歌の本歌は『古今和歌集』の東歌の陸奥歌（一〇九三）に「君をおきてあだし心をわが持たば末の松山浪もこえなん」（あなたを差し置いて他の人にわたしの心を移したら、あの末の松山も波が越えてしまうでしょう）である。これを踏まえているから、「約束を違えることはないと末の松山に誓ったことも甲斐がなく、浮ついた波のようなあなたの心が私の袖の上をこえてゆくことよ」という意味になる。

馴恋　ふりしことといひてはうらむ吾妹子がかさしの鈴のなる、此ころ　正久（5ウ）

「吾妹子」は妻を親しんでいう語。「かざし」は草木の花や枝などを冠や髪に挿すものだが、ここは鈴を髪に飾っている。「昔のことを言っては恨む吾が妻が、髪にかざった鈴が鳴るではないが、慣れ親しんできたこのごろである」の意。「なるる」は「鈴が鳴る」と妻の恨み言に「慣れる」との掛詞。妻が過去のことを繰り言としていう姿をよく観察しているといえよう。正久の経験からでた言葉だろうか。

慶応二年（一八六六）頃の正久の室はれきといい、「田原藩士福島某の女」（那賀山乙巳文『賀茂縣主竹尾家と其一族』一八頁）である。

切恋　木にならん鳥にならむとちきるこそ此世にあまる思ひなりけれ　正久（5ウ）

題は「切る恋」と読み、恋の終りをさす。「木」と「鳥」は白居易の「長恨歌」に「天に在りては願はくは比翼の鳥となり、地に在りては願はくは連理の枝とならん」という句を踏まえている。「比翼連理」の出典である。比翼とは翼が結びついている鳥で、『爾雅』などにでてくることば。連理は連理の枝といい、枝が交わっている木のこと。これは干宝『捜神記』巻十一の「韓憑説話」に、

中国の戦国時代、宋の康王は家来の韓憑の美しい妻・何氏を奪い取った。何氏が秘密の手紙を憑に送り共に死のうとした。韓憑は自殺したが、何氏は見張られていて死ぬ機会がなかった。何氏は衣を腐らせておき、遺書を帯にして、王と台に登ったとき飛び降りて死んだ（侍女が衣をつかもうとしたが、腐っていてやぶれた）。遺書に死んだら夫と合葬してほしいと書いてあったが、王は怒って二人の墓を離して埋めた。すると両方の墓から梓の木が生え、根も枝も交わった。そこに鴛鴦が飛んできて住みつき、朝夕頸を交えて哀しげに鳴いた。宋の人はその木を相思樹といった。

とあり、連理の枝の話の典拠になっている。

この歌の意味は、「連理の枝になろう、比翼の鳥になろうと約束したのは、この世にありあまる未練があったからだ」となるが、未練はあったにしても死後のことだから切れる恋というのであろう。

竹尾正久の歌「雑」の部

雑の部には六首ある。

嶺上雨　かけもなき高嶺の雨をいかにせむふもとはとほしみの笠はなし　正久（13オ）

「かけ」は「陰」で「崖」ではない。歌の意味は「雨を避ける岩陰もない高い山で、降る雨をどうしようか。麓は遠いし蓑笠は無いし」である。

三保松原　ふしのねは雪のひかりにとくあけてなほよをのこすみほの松原　正久（14ウ）

「とく」は早くの意。歌の意味は「富士山の山頂が朝日にひかるから、いち早く夜があけたわけだが、一方、地上の三保の松原はまだ夜の闇を残している」となる。

竹　まなほにてたけきすかたは敷嶋のやまと心といふへかりけり　正久（18ウ）

「まなほ」は真直で、偽りのないこと。「たけき」は「猛き」で、勇ましい、強い、気丈だの意。「敷嶋の」は「やまと」にかかる枕詞。歌の意味は「まっすぐで勇ましい竹の姿は大和心というべきだなあ」である。文末の「けり」は過去でなく詠嘆ととりたい。竹のまっすぐに伸びるさまは大和心の赤き心に通じるものがある。

弓　たゝかひのにはのむかしにひきかへて身をやしなふと真弓とる也　正久（21オ）

「真弓」の真は美称の接頭語。「檀弓」なら「檀(まゆみ)」の木でつくった弓となるが、江戸時代には今の竹製の弓だっただろうから檀の木ではない。弓は戦時の武器だが、平時には弓道として精神修養によい。意味は「昔は戦いの場に使われた弓も、平時の今は自身の修養に役立つと弓を手に取るのだ」である。賀茂神社の弓道場で修養のため弓をひく正久の姿が連想される。賀茂校区文化協会編『賀茂神社誌』(平成元年)には「弓の奉納額について」として的中した額の一覧表が記してある(六一～六五頁)。

漁夫　海幸(うみさち)を真柴(ましば)にかへて朝夕にほそきけふりをたつるあま人　正久(22オ)

「海幸」は魚などの海産物。「真柴」の真は美称の接頭語。柴や薪などをいう。意味は「海の漁師は魚などの海の幸を、山住みの人の薪と交換して、朝夕の食事の支度の煙をたてている」となる。賀茂から三河湾の前芝までは十二キロほどあるので、正久がいつも海人の日常を目にしていたとは思えないが、知識としては知っていただろう。

哀傷　去年(こぞ)の冬父の身まかり給ひしおもひにこもりゐける頃庭のさくらのちるをみて
しら雪ときえしもきえぬおもかけにちる花みてもぬる、袖かな　正久(27オ)

竹尾正久の父親・竹尾茂樹(一八〇六～一八六五)は、竹尾家の別家彦九郎家の竹尾茂根(しげね)の次男に生れたが、本家の竹尾茂諄(しげあつ)が文政三年(一八二〇)に三十一歳で亡くなったので、その後を継いでいる。文政九年には従五位下大和守の勅許を得、天保三年(一八三二)に羽田野敬雄の紹介で、寺部宣光とともに平田篤胤に入門している。三河の国学者というだけでなく、華道の松月堂古流もよくしたという（『近世近代東三河文化人名事典』七九頁）。

茂樹の日記が平成二十年（二〇〇八）頃、筑波書店の古書目録「書筵」に出たことがあり、気づいて注文した時には売れた後だった。その日記を見ることができれば、賀茂の竹尾氏のことなど詳しく知ることができるだろう。

この歌からも正久が父・茂樹を敬愛していたことがわかる。茂樹は慶応元年十一月二十八日に亡くなったので、この作は慶応二年の春、桜の花が散るころの作である。詞書（ことばがき）に「こもりゐける」とあるのは籠もっている意だから、喪に服していたわけ。慶応二年はこの『類題三河歌集』を制作しているときだから、正久は父親の葬儀と歌集の編輯で忙しかったはずである。

歌の意味は「父の面影が白雪のように消えてなくなるかと思ったが、いつまでも消えることなく思いだされ、桜が散るのを見ても涙が流れて袖を濡らすことよ」となる。

竹尾正久の歌「長歌」

『類題三河歌集』下巻の雑歌（ぞうか）の後には、「旋頭歌（せどうか）」六首、「長歌」八首、文章八篇が収められている。正久が「凡例」で「長歌文章もあまたあれとおほくは二編にいたすへし」と述べているから、この歌集には積極的に収録する意図はなかったようだが、編集の段階で入れざるを得ない事情が生じたのだろう。形ばかりの入集だったと思われる。

竹尾正久の作品の残り一首は「長歌」である。

長歌

新樹　　　　　　　　　　正久

吾屋敷の井の邊にたてるゆつかつらあはれ風ふけはかせにかをらひあめふれは色もなつかしゆつかつらあはれ　(下、32ウ)

この作は夏の部に採られていた同じ題「新樹」の「ゆつかつら若はの色もあかなくに香さへこほる、露の朝風」と同じことを詠っている。「ゆつかつら」を色と香で描く点は同じだが、長歌の方は「吾屋敷の井の邊にたてる」と屋敷の井戸の傍に桂の木が植えられていると所在を示している。実際に賀茂の竹尾彦太夫家の井戸の近くに桂の木があったのだろう。

今の竹尾家本家の屋敷跡には太陽光発電のソーラーが並んでいて、井戸の位置はわからない。隣家の竹尾アヤ子氏(竹尾権兵衛家。昭和二年生れ)に聞くと、井戸の近くに桂の木があった記憶はないとのことだった。竹尾家の近所の石田守氏宅にも桂の木があり、成長の早い木で相当な大木になる、葉はハート型で落葉樹だから秋に黄葉すると教えていただいた。どこかに写真にするといい木はないかと思っていると、石田氏がすぐに賀茂神社の境内にある桂の木を教えてくれた。神社には桂の木が何本もあるが、左頁の写真の木が立派である(豊橋の巨木・名木百選の一)。

「長歌」には「反歌」が付くことが多いが、この作にはない。それどころか、この作品そのものが「長歌」というには短かすぎる。字数も「吾屋敷の」を「わがいへの」と読めば五・七・八・五・七・五・

七・八となり、長歌といえなくもないが変則的である。

「かをらひ」とは動詞「かをる」に接尾語の「ふ」がついて、反復・継続を表す。歌の意味は「私の屋敷の井戸の辺りに立っている神聖な桂の木はすばらしい。風が吹くと風にのって薫りがただよい、雨が降ると葉の色もあざやかでよい、神聖な桂の木はすばらしい」となる。「ゆつかつらあはれ」を二度繰り返し、リズムを生み出している。

ただ井の辺の「ゆつかつら」という表現は記紀の次の神話を想起させる。それは海幸・山幸と豊玉姫の物語である（『古事記』により記す）。

賀茂神社の倉の脇にある桂の木

海幸と山幸が互いのサチを交換して、弟の山幸（火遠理命）が釣鉤をなくした後、兄の海幸（火照命）の釣鉤をさがしに海神の宮に行く。その宮には高垣・ひめ垣が備わり、御殿は玉のよう。門の前に井戸があり、傍らに湯津香木（香木を訓みて加都良と云ふ）の木があって茂っている。山幸がその木に登って座っていると、下女が門を開けて現れた。玉の椀で井戸から水を汲もうとして水に映った人をみる。見上げると麗しい男がいるので驚く。山幸が水を欲しいというと、下女が椀に水を入れ奉る。山幸は頸の玉を解き、口に含み椀に吐き出すと、玉は椀に付着する。下女はそれを豊玉姫に奉る。（下略）

火遠理命と豊玉姫との出会いの場面に、井戸の傍の「湯津香木」（『日本書紀』には「湯津杜」に作る）が出てくる。その木に登っている山幸の姿が井戸の水に映ってみつかるとある。回りくどい設定だが、木の上の人を水面に映った影により見つけるというのは世界の昔話にみかけるモチーフである。昔話の研究は話型（タイプ）に分類し類話を検討することで、文化の伝播や変容の仕方を追求することから、さらに話型の背景基盤にあるモチーフの類似に注目する研究へと進んでいる。この「木の上にいる人が水に映っていることから見つかる」モチーフはミャンマーのチン族にあり、これは稲田浩二・小沢俊夫編『日本昔話通観』研究篇1の話型165「姉と妹」に分類された話の類話にある（一八八頁）。海幸山幸の話が日本だけの伝承でなく世界的に広がりを持つ説話に繋がっていることを示している。

なお、「湯津香木」について三浦佑之『口語訳古事記』の八五頁の注に「神聖な神の依りつく木として、他の神話にも描かれるが、「楓」「香木」「桂」などと表記されており、今言うカツラ（桂）ではなくキンモクセイではないかと言われたりしている」と書かれている。だが、桂もキンモクセイの花も香が強い木だとしても、正久翁の歌は夏の新樹の香といっているから、やはり桂の木の方がよい。

正久が自宅の桂の木を詠ったものか、それとも記紀神話から得た知識をもとに創作したのか証明することはできないが、国学者の教養の基盤に記紀があることは確かだから、少なくも無意識のレベルでは関係あると思う。

正久の父と兄の歌

関霞　道のくの衣の関をきてみれは春は霞の立へたてたり　竹尾重樹（ママ）（上春8ウ）

　この歌は正久の父・竹尾茂樹（一八〇六〜一八六五）の歌として良いだろうか。というのは、関白近衛房嗣（一四〇二〜一四八八）の子で聖護院門跡の道興准后（一四三〇〜一五二七）の『廻国雑記』に、「陸奥の衣の関をきてみれは霞みも幾重たち重ねけん」という歌があるからだ。両者を比べてみると上三句は同じで、下の句も霞が立ち込めたさまを詠んで同趣向といえる。本歌取りというには似すぎている。

「衣の関」は『枕草子』百七段に「関は相坂。須磨の関。鈴鹿の関。岫田の関。白河の関。衣の関。…」（新日本文古典学大系25、一五〇頁）と書いてあることで知られているが、平安時代、安倍氏が築いた関で岩手県の中尊寺近くにある「衣川の関」のことという説がある。また、別に宮城県の柵木町（現・柴田町）の白石川が阿武隈川に合流する手前の左岸にも「衣の関」があり、ここには今「衣関山東禅寺」という寺があるとのこと。

　どちらにしても東北地方であり、竹尾茂樹がそこに行き歌を詠んだとは思えない。歌枕だから行かなくても詠めるわけだが、道興准后は確かに行っている。諸国を廻って陸奥まで行った紀行文が『廻国雑記』であり、道興准后の歌は体験を元にしている。茂樹は道興の歌を見て替え歌を作ったとみた方がいいように思う。

では、この『廻国雑記』を何によって知ったのか。それはたぶん「群書類従」だろう。塙保己一（一七四六〜一八二一）が編集した叢書「群書類従」第十八輯（続群書類従刊行会、三三七巻）に『廻国雑記』が収録されていて、その七一四頁に「衣の關にてよめる」として、この歌が記載されている。「群書類従」は国学者が読む基本図書だったのだから、知っていて不思議はない。

竹尾茂樹の歌の意味は「みちのくの衣の関を訪ね訪ねて来てみると、春の時節、霞が立ち込めて景色も見得ず隔てられていることだ」である。道興准后の歌の意味は「みちのくの衣の関を訪ね訪ねて来てみると、霞が幾重にも重なっているようだなあ」となる。

名所鶴　千代経てふおなしよはひの松しまにむれてあそへるたつのゆたけさ　重樹（ママ）（下雑18ウ）

ここの「名所」は歌中に「松しま」とあるから宮城県の松島をさす。日本三景の一つとされる名所で、松尾芭蕉も『おくのほそ道』に書いている。元禄二年（一六八九）五月九、十日に行き、そのとき芭蕉は句が詠めなかった。言葉が出てこなくて「松島や、ああ松島や、松島や」と詠んだというのは俗説で、『おくのほそ道』にそのような箇所はない。

かわりに、その時同行の曾良が「松島や鶴に身をかれほとゝぎす」（名所の松島には鶴がふさわしいから、ほととぎすよ、姿を変えて鶴になってくれ）と詠んだとある。竹尾茂樹は宮城の松島に行かなかったとしても、『おくのほそ道』はみているのではないだろうか。

「てふ」は「ちょう」と発音し、「という」の意。「たつ」は鶴の歌語。「ゆたけさ」は豊かなさま、富み栄えていること。歌の意味は「千年も経たという同じ長寿の松の茂る島に、何羽も群れをなして遊ぶ鶴の豊かですばらしいことよ」である。おめでたい歌で、床の間の掛軸で松島と鶴の絵を見て作ったような印象がある。

次は正久の兄・竹尾茂穀（しげよし）（一八三〇～一八八三）の歌。

都花　九重の春の盛をみわたせはうへこそ花の都也けれ　竹尾重穀（ママ）（上春14オ）

「都」は京都のことで、「うへ」は「上」、天皇など貴人をさす。意味は「九重の宮殿の春の盛りの景色を見渡せば、上様の住む京の都こそ花の都であることよ」となり、国学者として皇室への敬意を示しているさまが伺える。

第三章　賀茂の修道館分校

竹尾正久翁の碑文に「時に偶（たま）たま維新に際し、三河県も亦た修道館分校を置き、翁は入りて教鞭を執る」（「時偶際維新三河縣亦置修道館分校翁入執教鞭」その時たまたま明治維新にあたり、三河県でも修道館分校を設置し、翁はそこで教鞭を執った）という箇所があった。修道館は国府（こう）に作ろうとしてすぐだめになった。ではその分校がどこにあったのか。このことが疑問である。明治維新の際に三河県が修道館という学校を作ろうとしたことは確かだが、その分校がどこにあったのか、正久翁がそこで本当に教鞭をとったのか。

那賀山乙巳文『賀茂縣主竹尾家と其一族』の「十七　竹尾正久」にも「明治二年、賀茂村に三河縣の修道舘分校が置かれるに及んで、翁はその授員を命ぜられたので出でて郷黨子弟の訓育に従事した」（三八頁）とある。これによると、分校は賀茂村に置かれたことになっている。

考えられるのは、『賀茂縣主竹尾家と其一族』は昭和十年（一九三五）に東三文化研究會から刊行されているが、この研究會は那賀山乙巳文氏の自宅にあったもの。竹尾茂穀（茂）の息子の竹尾準（延久）から正久翁のことを聞いていた可能性がある。竹尾準は昭和六年一月二日に八十一歳で豊橋市東八町の当時の自宅で亡くなっている。『賀茂縣主竹尾家と其一族』の出版はその四年後だが、那賀山乙巳文氏が竹尾準から話を聞いていたなら知っていたことになる。

那賀山乙巳文氏は豊橋市東田町東前山四番地に住んでいた。竹尾準の家の東八町とは一キロも離れていない。直接竹尾準翁から取材できるほど近い。竹尾準は嘉永四年（一八五一）十一月二十五日生れだから、明治二年には十八歳になっている。その頃は叔父の正久と同居していたはずだから、分校の事情を聞いて知っていた可能性がある。


幕末から明治にかけては、教育制度も次々に変化している。江戸時代は藩校と私塾、寺子屋が武士階級と農工商の町民教育の場であり、明治五年の学制発布による近代的学校制度の施行まで続く。そのような中で、賀茂周辺の教育施設にどのようなものがあったか。賀茂の寺子屋は鶴巻の本願寺、照山の加納寺にあったことは豊橋市美術博物館における『豊橋の寺子屋展』（二〇一七年十一月三日〜

十二月三日）などで知ることができるが、これは初歩的な読み書き程度だっただろう。

砥鹿神社の草鹿砥宣隆（のぶたか）が慶応二年（一八六六）に自宅の傍に文庫を建て、塾を開いたことは前にふれた。また、それ以前から竹尾家の者たちが宣隆に教わっていたこともふれた。では、賀茂村の中に寺子屋以上の塾とか道場のようなものはなかったのだろうか。

それについては、那賀山乙巳文『賀茂縣主竹尾家と其一族』の竹尾茂樹についての記述中に、「弘化から嘉永にかけて屋敷内に道場を建て吉田藩士の亀井六五左衛門（山本速夫（はやお）の父）を招いて嫡子茂穀を初め村人の有志に剣道を指南させている」（三四～三五頁）と、茂樹が編纂した『家門年代記』をもとに記している。弘化（一八四四～一八四八）から嘉永（一八四八～一八五四）だとすると、竹尾茂穀は十四歳から二十四歳だし、正久は十歳から二十歳にあたる。剣を学ばせるなどは幕末の時代を反映したものとみることができよう。

一方、大伴神社の加藤家にも撃剣道場があり、明治五年以後のことだが小学校の校舎として使われたという（坂田正俊「明治維新と加藤監物（八）」『賀茂文化』平成三十一年十月号に山本久明校長が発見し紹介した『賀茂村誌』をもとに記す）から、それぞれの社家は変革の時代に対応しようとしていたことが窺える。

吉田藩には時習館という藩校があった（これは明治になって時習館内皇学寮となり豊橋藩皇学所となる）が、賀茂は安部（あんべ）氏の岡部（おかべ）藩に属していたし、吉田までは十二キロあるから少し遠い。吉田の近くの羽田村に羽田八幡宮があり、羽田野敬雄（はたのたかお）（一七九八～一八八二）が嘉永元年に羽田八幡宮文庫を設立し、後にはここに松蔭舎を建てており、東三河の平田派国学の中心にいた。竹尾茂樹も寺部宣光もその紹介により、天保三年（一八三二）に平田篤胤の門人になっているので、交流は深く、影響もされていただろう。

慶応四年九月八日、明治と改元。九月十三日に京都に皇学所と漢学所の二校が設置され、九月十六日に「大学校」を新設する太政官布告が出されている。その皇学所に羽田野敬雄、草鹿砥宣隆、竹尾正胤の三名が召され、十二月十四日（旧暦）から百八名の学生に教授している。三河の神職がこれだけ召されたのは皇学についての学識が評価された結果だろうし、新政府へ協力する気持ちもあったわけだ。

結局、賀茂に修道館分館があった確証はない。

篠束神社の本多匡

竹尾準（たいら）と林芳太郎（よしたろう）たちは草鹿砥宣隆没後に篠束（しのづか）神社の本多匡（ただす）の小竹園に一時期通った。それは明治元年九月に草鹿砥宣隆たちが京都皇学所に行ってしまったからである。林芳太郎は宣隆に随従したが翌年六月に宣隆が急死するので、帰郷するしかない。そこで小竹園に通ったようだ。

慶応四年六月九日（明治への改元は九月六日）三河県が設置され、国府（こう）（現豊川市）に修道館という学校を作ろうとした。なぜ吉田（豊橋）でなく、国府の地なのか。吉田には藩校の時習館があったからかもしれない。だが、三河県の役所が赤坂にできたことが重要ではなかろうか。三河全体の中心は古代の国衙（こくが）があった国府（赤坂の近く）に決められたのだろう。伝統をふまえているといえる。

その修道館の教授に羽田野敬雄とともに本多匡（一八二九～一八七六）が任命されている。本多匡

側面「小竹園學校社中」
裏面「世話人」の名

豊川市篠束町郷中・医王寺の
「大講義本多匡墓」

を

『近世近代東三河文化人名事典』でみると、
国学者・神官。名、光輝。通称、上野。号、竹県老人。宝飯郡篠束村の天王社（現篠束神社）神主本多光臣の長男で第十代神主。天保十二年（一八四一）美濃国加納の儒者、吉田杏斎（東堂）に入門、漢学修行。嘉永四年（一八五一）太宰府天満宮文庫に勤務し、七卿落ちした三条実美等の知遇を得る。慶応三年（一八六七）帰郷。明治二年より篠束村で私塾小竹園を設立。漢学・皇学を教授。塾生に戸塚環海・富田良穂らがいる。同年国府の修道館教授、翌三年時習館皇学寮教授。（以下略）

とある。本多匡も明治二年はあわただしい動きをしている。

明治政府の京都皇学所に呼応するかのように、三河に学校を設立しようとしたのが、国府の修道館であった。慶応四年六月九日、三河県が赤坂陣屋に設置され、明治二年六月二十四日に伊奈県に編入される（太政官日誌）が、この三河県が明治二年八月になって国府に修道館を作る。

すでに廃止された県が教育施設を作ったことは不思議だが、組織は一朝一夕にできるものではないし、八月以前から準備されていた学校が動き出した以上、行政組織が変わっても設立しようとしたのだろう。ただ、いざ設立の段階になって梯子（はしご）を外された観がなきにしもあらずである。

『三河最初の中学校』

この修道館のことは武田三夫、山田東作『三河最初の中学校』（昭和五十六年、豊橋文化協会）が細かく触れている（二〇～三三頁）。

修道館は皇学と漢学を教える場として、三河県監督の下に設立・運営された。皇学に羽田野常陸（ひたち）、漢学に小野侗翁（どうおう）を学頭としておいた。教官の氏名は次のとおりである。

皇学教授　羽田野常陸（敬雄）
　　　　　本多　匡（ただす）（光輝）
助教　大伴阿波守（宣光）
　　　村上承卿（忠順（ただまさ））
授員　亀井六郎次（重範（しげのり））
　　　森田五位（光尋（みつひろ））

深見藤十郎
漢学教授　小野侗翁（湖山）
助教　竹本四郎左衛門（矩慰）
平松茂八（東靄）
村田莊三郎
授員　竹本長三郎（元傈）
武田元順（準平）
稲野仙庵（昌里）
助授員　渡辺慎平

（注に近藤恒次「三河における明治前期の郡立中学校」『愛知大学綜合郷土研究所紀要』第二十一輯とある）

皇学の助教に大伴宣光がいる。その宣光が修道館設立に際して「修道大意」（『栄樹園聞見集』其二）を書いている。その末尾に「慶應四とせといふ年の八月のはじめつかた」「香實園の主　大伴宣光しるす」とあるので、三河県が六月に設置されてすぐに、修道館を作る動きをしていたことがわかる。

内容は、修道館設立時に京都で作られた皇学・漢学の学問所に倣って作られたことや、人の道を修めること、尊皇思想を広めることなど詳しく説いている。この文章は翌明治二年八月十八日の修道館開学の折の御祝儀御講義に大伴宣光により読まれたらしい。ただ、修道館は九月六日までの二十日足らずで廃校となってしまう。三河県が伊奈県に移管されたのは、実際は十月だとして（武田、山田・前掲書三一頁）も廃校になったのは残念なことだった。

明治元年九月に京都に皇学所ができて、明治二年八月に赤坂に修道館を作ろうとした。宣隆はその直前の六月二十一日に亡くなった。宣隆の死と学校設立は関係あるだろうか。竹尾準たちは修道館に入学したのか。当然二十日で廃校になるから、ほとんど授業もないうちにダメになってしまう。だから、本多匡の小竹園に入ったのか。どちらが先か微妙なところだ。

『三河最初の中学校』には修道館分校のことや、竹尾正久の名が出てこない。本校の修道館がたった二十日足らずでなくなるようでは、分校のことなど知りようもないといえばその通りだが、三宅英煕が碑文に書いている以上、それなりの根拠があるはずだ。

神典講釈会読の会

羽田野敬雄研究会編『幕末三河国神主記録』の明治二年四月に次の記事がある。

○巳四月一宮草鹿砥氏　八幡大伴氏　加茂竹尾氏　小坂井川手氏等催ニて稽古会与(と)号当月ゟ(より)二七与(と)相定毎月六度ツヽ四家へ集会神典講釈会読等被相催候(ママ)

（意味）明治二年己巳四月に一宮の草鹿砥氏と八幡の大伴氏、加茂の竹尾氏、小坂井の川手氏たちの催しで稽古会と号し、当月より二、七の日と相定め、毎月六度ずつ四家へ集会し、神典講釈の会読など相催されそうろう。（四六九頁）

これに刺激され、羽田野敬雄たちも吉田辺の神職が集まって羽田野家の松蔭舎で『古事記』、『祝詞』、『万葉集』の廻読会を始めている。

明治二年四月なら草鹿砥宣隆は京都にいる。修道館はできていないが作る動きをしている。慶応四年の八月、つまり明治と改元されるひと月前に、大伴宣光が設立の修道大意を書いているのが証拠だ。

この稽古会が修道館設立と関係あるに違いない。前年の八月はじめに趣意書ともいうべき修道大意を書いた大伴宣光が呼びかけたのではなかろうか。

ここに出てくる草鹿砥は宣隆ではない。宣隆は京都に行っている。そうすると息子の草鹿砥孫（宣譲一八五〇～一九二二）だろう。その弟の虎二や己之蔵も加わっているかもしれない。大伴氏は大伴宣光だろうが、息子の大伴親光（彰。一八四三～一八九八）もいただろうか。加茂竹尾氏というのは竹尾茂穀を指しているだろうが、弟の正久も参加した可能性がある。川手氏は川出氏のことで小坂井の菟足神社の神主だ。

勉強会をしていただけでは修道館の準備といえないが、時期が修道館設立の直前なので、関係があるだろう。羽田野敬雄はこの四神職家の動きに倣って、自分たちも廻読会を始めた。三河に新政府と呼応して、新しい世の中を作ろうとする機運が生まれていたことは確かだ。それに竹尾正久も関係していたとしたら、修道館の教員に招聘されなかったとしても、分校の教員にという案があって、それが三宅英熙に伝えられていたのが、分校に招聘されたという書き方になったのではなかろうか。

第四章　石巻神社と牟呂八幡の祠官

碑文に「明治某年、八名郡の郷社・石巻の祠官、兼摂て渥美郡の郷社・牟呂八幡の祠官に任ぜらる」（明治某年任八名郡郷社石巻祠官兼攝渥美郡郷社牟呂八幡祠官）とある。正久は本当に石巻神社と牟呂八幡社の祠官になったのか。

神職世襲の廃止

碑文の「明治某年」とは明治五年（一八七二）のことと那賀山乙巳文『賀茂縣主竹尾家と其一族』（三八頁）に書いてある。那賀山乙巳文氏は同じく「明治五年神職の世襲が廃せられ、更めて祠官が任命されるやうになって」ともある。これは明治四年五月十四日の太政官布告第二三四を指している。その原文。

神社ノ儀ハ國家ノ宗祀ニテ一人一家ノ私有ニスヘキニ非サルハ勿論ノ事ニ候處中古以来大道ノ陵夷ニ随ヒ神官社家ノ輩中ニハ神世相傳由緒ノ向モ有之候ヘ共多クハ一時補任ノ社職其儘沿襲致シ或ハ領家地頭世變ニ因リ終ニ一社ノ執務致シ居リ其餘村邑小祠ノ社家等ニ至ル迄総テ世襲ト相成社入ヲ以テ家禄ト爲シ一己ノ私有ト相心得候儀天下一般ノ積習ニテ神官ハ自然士民ノ別種ト相成祭政一致ノ御政體ニ相悖リ其弊害不尠候ニ付今般御改正為在伊勢両宮世襲ノ神官ヲ始メ天下大

小ノ神官社家ニ至ル迄精撰補任可致旨被（ママ）仰出候事（『法令全書』第四巻、内閣官報局編、昭和四十九年、一八七頁）

（意味）神社のことについては国家の祖先祭祀に関わることで、個人や一家族の私有にすべきものでないことは当然のことであるのに、中古以来の道理の衰退とともに神官社家の輩の中には、神世から相伝する由緒ある家もあるけれども、多くは一時的に補任された社職をそのままに世襲したり、あるいは所領の家や地頭が世の変遷により代わっても、そのまま一つの神社の執務を致したりしている。その他の村々の小さな祠の社家などに至るまで総（すべ）て世襲をしており、神社の収入を自家の禄とみなし、一個人の私有と心得ていることは、天下一般の慣習になり、神官は自然と武士や庶民とは別の種となっている。祭政一致の明治の御政体とは相悖（もと）り、その弊害は少なくないので、今度御改正なされ、伊勢の内外の両宮の世襲の神官を始めとして、天下大小の神官社家に至るまで精撰して補任いたすべき旨、仰せ出されました。

これは、世襲神職の廃止を指示した布告である。これにより全国の世襲神職は神主を辞めたり、別の神社に奉職したりしなければならなくなった。

　正久は竹尾茂樹の次男だから、父の茂樹が慶応元年（一八六五）十一月二十八日に亡くなり、その跡を兄の茂穀（一八三〇～一八八三）が継いだ。茂穀（維新後に茂と称す）は安政二年（一八五五）に従五位下能登守の勅許を京の吉田家から受けているので、賀茂神社の神職の仕事をしていた。那賀山乙巳文氏が「明治四年新政府ノ行政改革ニヨリ官位御朱印共ニ返上新（あらた）ニ賀茂神社訓導兼祠官ニ仕官ス」(那賀山・前掲書一八頁)と記すように、明治四年になって賀茂神社の祠官になっている。世襲のままだ。従来どおり賀茂神社の神主になっているということは、太政官布告にしたがったとはいえない。地方の小さな神社は太政官布告を守る必要はなかったのだろうか。

祠官・祠掌の名称

同じ明治四年五月十四日に次の太政官布告第二三五が出されている。

一官社以下府藩縣社郷社神官総テ其地方貫属支配タル可ク本籍ノ儀ハ士族民ノ内適宜ヲ以テ編籍可致事(前掲『法令全書』一八七頁)

とあり、続いて官国弊社の名をあげ、諸社として府社、藩社、県社、郷社は地方官が管すとあり、職員の名称の規定が書いてある。

〇府社
〇藩社
〇縣社
祠官
祠掌

○郷社
祠官
祠掌

とあって、府藩県郷社の神職の呼称が祠官・祠掌という名称に変わったことがわかる。村社は祠掌だけでよかったようだ。

神社の長を祠官といった。今はどの神社もその長を宮司というが、戦前は官国幣社の長の名称だから、府藩県郷社の長を宮司ということはない。

法令にはさらに「規則」として、

一官弊社長官ハ華族士族ノ中ヨリ撰任ス國弊社長官ハ府藩縣大少參事ノ兼任トス或ハ華族士族新任モアルベシ若官弊國弊社共従前ノ神官ヲ補スベクハ神孫相承ノ族タリト雖モ一旦世襲ノ職ヲ解キ改補新任タルベシ

（意味）官弊社の長官は華族、士族の中から選任する。国弊社の長官は府・藩・県の大少の参事の兼任とする。あるいは華族や士族の新任も可能である。もし官幣社国弊社ともに従来の神官を任命したならば神代以来の子孫の一族であったとしても、一旦世襲の職を解き、改めて新任させなさい。

とあり、世襲をやめさせる意図は強い。これは官国弊社を標的にしたものだが、府藩県郷社も基本は同じはずだ。

一府藩縣社郷社二等ノ内社格ノ等差地方ノ適宜ニ任ス
一同上神官改補新任ノ規則官社ニ同シ
（中略）
一祠官職ニ任セハ地方廰ニ於テ任状及祭式職制ヲ授クヘシ祠掌ハ地方ノ撰任ヲ以テ一社ニ於テ是ヲ任ス（前掲『法令全書』一九九～二〇〇頁）

このように神社を明治政府が統制管理しようとしたことは明白だ。明治になって廃仏毀釈がすごかったと指摘されるが、神社も世襲の社家の力を削ごうとしたのだろう。ただ、世襲社家をすべて廃止したのではなく、一旦やめさせて改補新任させているので、竹尾茂穀のように賀茂神社の祠官になることは可能だったわけだ。なかには草鹿砥宣譲（のぶよし）（孫（ゆずる））のように砥鹿神社の禰宜になり、明治八年には小国神社の禰宜に移り、その後宝山学院を設立して神社界と関係を断つ人もでてきている。砥鹿神社のように国幣社の神主家はそのままというわけにはいかなかったようだ。

石巻神社

石巻神社（里宮と山上社がある）は大木家と古田家が世襲社家としてあった。大木家の幕末の頃は

石巻神社里宮（『延喜式』に名がある式内社）

近祖・大木助勝から数えて九代目の知貞（文化年間〜一八七四）と十代目の知儀（一八二九〜一九〇三）が神主をしていたと那賀山乙巳文『石巻神社と大木氏一族』（昭和二十二年、一二三頁、石巻神社奉賛会）にある。

この山上社では旧正月に管粥神事をやる。昔は砥鹿神社の奥社でやる粥占と石巻神社の山上社の管粥の占いをみて、何の作物を作るか決めたという話を明治生れの人から聞いたことがある。

石巻山には大岩がそびえるばかりに切り立っていて、祠が祀られているところがあり、岩の下に小さな池状のものがある。

石巻在住の大木章也氏によると、岩は屏風岩といい、池はコノシロ池というそうだ。コノシロ池は枯れることがないので、雨乞いと豊作祈願の伝承があるとのこと。

ここにても、農耕と結びついた信仰があったことがわかる。

石巻神社山上社（奥宮）

大木聟治の記録

那賀山乙巳文『石巻神社と大木氏一族』に、石巻神社の神主・大木知儀は元治元年（一八六四）に裁許状を受領し岩見正（いわみのかみ）を称していたが、家督相続は明治二年二月十五日で、同時に石巻神社社掌拝命とある。ただ、ここに「社掌」とあるのは誤りかもしれない。これは明治二十七年に祠官・祠掌から社司・社掌に変えられてからの名称なので「祠掌」とあるべきだ。だが、明治二年では太政官布告が出る明治四年より前だから、社掌と言っていたかもしれない。

こうした名称にこだわるのは、戦前の神社は公の存在で、特別な公務員だったからだ。ところで、大木知儀が明治二年に家督相続したにもかかわらず、「明治維新後岩見正改清」「石巻神社社掌拝命」とあるのは、明治四年か五年になって大木氏以外の人が石巻神社祠官に任命されたからである。

『八名郡誌』（初版・大正十五年、愛知縣八名郡役所）の「石巻神社」の項は大木知儀の婿養子・大木聟治（むこじ）（知足（ともたる））が資料を提供しているが、そこに維新後の神職の更迭表があり、「祠官若しくは社司」

の名が記してある（「祠掌若くは社掌」は略）。

井　晋齋　明治五年十月十六日　祠官拝命（住職せなんだといふ）
橋本俊藏　明治六年一月頃　祠官奉職
中山繁樹　（年月不祥）　祠官奉職
神戸三九郎　明治十三年頃　祠官奉職
竹尾正久　明治十七年頃　祠官奉職
久米　榮　明治廿二年八月十三日　祠官拝命
　　仝　廿五年七月十三日　死亡
福田牧衛　明治廿六年頃　祠官拝命
　　仝　廿八年　死亡
大木聟治　明治三十年三月三日　社司拝命
　　現今在任
（一一二八頁）

とあるから、祠官になった人名がわかる。

大木聟治は明治三十年に石巻神社の社祠になっているから、この記事を聟治が書いたなら信用できる。これにより竹尾正久が石巻神社の祠官に奉職したのは明治十七年（一八八四）から明治二十二年までの五年間ほどだとわかる。那賀山乙巳文氏が言及した明治五年というのは誤りである。しかも祠官・社司になっても四、五年でやめている。数十年という長期の奉職ではない。公的な職だったからだろうか。

『八名郡誌』には、明治十九年十月廿日に大木聟治が祠掌になったとある。その時の祠官は正久だから、その下で石巻神社に奉職している。二人は同時に石巻神社に奉仕していたのだから親しかっただろう。

大木聟治のことは、那賀山乙巳文『石巻神社と大木氏一族』に詳しい。明治十九年四月二十七日に、大木知儀（ともよし）の娘・ちよの婿養子として、牟呂の芳賀清治郎の次男・知足（ともたる）（通称・聟治（むこじ）。一八六三〜一九四二）がくる。十月には石巻神社祠掌に補されている。家督を翌明治二十年一月に相続し、大木知儀は隠居している。那賀山乙巳文氏は『大木知足翁』という本も書いていて、その「石巻神社祠掌時代」の章に、

> 明治十九年二月、翁は大木家を嗣ぐと同時に、最初舊吉田藩士の亀井六郎（マヽ）に就（つい）て國典（皇典・國史・祝詞）を學び、次いで、八名郡賀茂村の竹尾正久（翁が祠掌時代迄（まで）石巻神社の祠官であったが、此の人には晩年迄親しく教を受けた）にも和歌國文等を學んだ。斯（か）くて翁は神職に必要な學の一通りをこれ等兩先輩に學び、愛知縣皇典講究所の試験を經て此の年（十九年）十月、石巻神社の祠掌（今日の社掌）に任命されたのである。（昭和十三年、東三文化研究会、五頁）

とあり、知足はなかなか優秀な人だったようだ。

牟呂八幡社

牟呂八幡社

牟呂八幡社は今では町場（まちば）の神社という印象がある。正面からの景観は篠束神社や石巻神社の里宮と似ている。この神社の世襲社家は森田家で幕末当時は四十九代目・森田光尋（みつひろ）（一八二五～一八九八）、五十代目森田光文（みつあや）（緑雲。一八五三～一九一三）である。

光尋は『近世近代東三河文化人名事典』に「歌人・国学者・神官。通称、播磨、肥後守。号、桃廼舎（もものや）・白檮（はくとう）之生園。牟呂八幡宮（ママ）神主森田光義の長子。嘉永六年（一八五三）従五位下、慶応三年（一八六七）従五位上に任官。鈴木重実（しげざね）・羽田野敬雄に入門。草鹿砥宣隆にも和歌の指導を受けた」（一三〇頁）とある人である。

正久（一八三四～一九〇四）より九歳年長だし、明治四年の時に四十六歳だとすると、光尋が別の神社の祠官にならないかぎり、竹尾正久が牟呂八幡社の祠官に任命されるとは思えない。明治四年からの神社の祠官の任命権は地方庁にあるが、この吉田地方は明治四年七月に豊橋県、十一月に額田県、明治五年に愛知県に編入されている。

この時点では光尋の方が牟呂八幡社の祠官に任命された可能性が高い。正久が牟呂八幡社の祠官になったとすれば、石巻神社の祠官と同じく明治十七年頃かそれ以降とみなくてはならない。

社務所に行き話を聞き、森田家の系図を見せてもらったが、明治以降の祠官や社司のことは記録にないとのことだった。

牟呂八幡社の氏子札

ところが、社務所で牟呂八幡社が発行した牟呂八幡宮神幸祭神事相撲調査研究委員会編『牟呂八幡宮(ママ)』という冊子を見たところ、右のような氏子札の写真が掲載されていた（平成二十八年五二頁）。

表面　裏面

縦３寸（9.1）cm、横２寸（6.1cm）の桧材（個人蔵）

牟呂八幡社の氏子札

何とこの氏子札の裏面に「明治六年一月廿五日、祠官森田光尋、祠掌森田光文」とあるではないか。

もし正久翁が明治五年に牟呂八幡の祠官になったとしたら、一年でやめたことになる。だが、その可能性は低い。かといって三宅英熙の書いた碑文が誤っていると考えるのも早計である。正久が牟呂八幡社の祠官になったのは、明治五年でなくもっと後年になってからとみたほうがいい。

それは正久が石巻神社の祠官になった明治十七年頃かもしれないし、石巻神社の祠官をやめた明治二十二年の後か、あるいは森田光尋が亡くなった明治三十一年十月五日以降かもしれない。明治三十八年四月十六日に挙行された正久翁の碑建立の際の発起人に森田光文の名があるから、光文は弟子筋の人とみるべきだろう。二人の交流は続いていたと思われる。

このようにみてくると、三宅英熙が「明治某年、八名郡の郷社・石巻の祠官、兼摂て渥美郡の郷社・牟呂八幡の祠官に任ぜらる」と碑文に書いた「明治某年」とは明治十七年から二十二年の頃といえそうである。三宅英熙が「兼摂」と表現したのは同時期に兼務したからかもしれない。

明治四年七月四日（新暦だと一八七一年八月十九日）の太政官布告で『大小神社氏子取調』を発布した。これは江戸時代の寺請制度に変えて、神社の氏子となることを義務付けるもので、氏子札と称され、戸籍や身分証明の役割もあった。ただ明治六年五月二十九日の布告で廃止される。すぐ廃止されたから、こうして実物が残っているのは貴重である。

第四部　正久夫妻の和歌

第一章『皇國詠史歌集』内の正久の歌

豊橋市立中央図書館の橋良（はしら）文庫に『皇國詠史歌集』という冊子がある。一四・五×二一センチの大きさで、今のサイズでいうとA５判にあたる。全部で三十九丁。表紙の題簽（だいせん）に「皇國詠史歌集　原田直茂輯　全」とあり、表紙裏に「竹尾正久大人校／橋本弘道大人閲／原田直茂編輯」「皇國詠史歌集　全」「明治十八年／仲冬印刷　薫華（くんか）園板」とある。いわゆる詠史歌（歴史上の人物を歌に詠んだもの）を集め編集したもので、その校閲に竹尾正久の名があるから、三宅英熙が碑文に「咏史歌集若干巻。共に世に行はる」と記した咏史歌集と関係あるだろう。

編者原田直茂

編者の原田直茂とはどういう人だろうか。この人については峯田通俊編『つくで百話』（昭和四十七年、作手高原文化協会、二一六〜二二三頁）に「歌人政治家　原田紋右衛門直茂（もんえもんなおしげ）」として次のようなことが書いてある。誤植を正し内容を簡略に記すと、

『皇國詠史歌集』の表紙

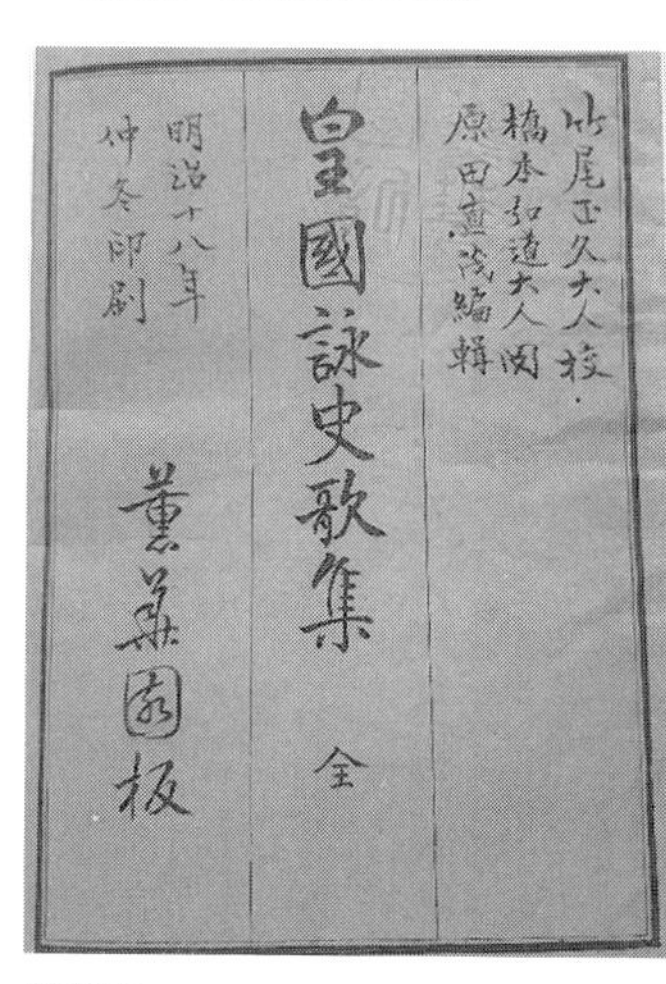

表紙裏

原田直茂は慶応元年（一八六五）十二月六日作手の守義村御領の旧家原田紋十郎直正の三男として生まれた。母は丈子。明治五年（一八七二）にできた守義学校で四年間学び、卒業後家庭教師として竹尾正久を招聘してその指導をうけた。竹尾は原田家に寄寓して神道と国学及び和歌の指導にあたった。直茂は十二歳のときに和歌を詠みはじめたが、明治十三年の「豊川年浪集」第壹輯に十五歳の直茂の歌が掲載されている。

（以下略）

とある。文中の『豊川年浪集』とは明治十三年十二月に竹尾正久が編集し刊行した歌集で、六十人の作を一首ずつ六十首選んだもの。それに「夜学」の題で、「宵ゝに書よみさして聞ものハねよとの鐘の音にさりける」（5丁目表）とある。十五歳の若者の歌らしい。

原田直茂が慶応元年に生まれたとすると、この本は明治十八年の出版だから、『皇國詠史歌集』を編輯したのは二十一歳のときにあたる。正久と橋本弘道の二人が校閲しているからといって、この若さで歌集を編輯できたのは珍しいだろう。しかもこの歌集は愛知県人だけでなく、全国から作品を集めている。

『皇國詠史歌集』

『皇國詠史歌集』の序文は井手真棹（一八三七〜一九〇九）が書いている。その末尾に「明治十とせまり八とせ十月はかり伊豫國松山人蓬か園のあるし井手真棹」とある。井手真棹は松山藩皇学所中講義・蓬園西村清臣の長男で、井手家の養子となり、香川景樹系の歌人で正岡子規（一八六七〜一九〇二）も秋山真之（一八六八〜一九一八）とともに、明治十八年にその蓬園吟社で和歌の指導をうけたというから、旧派歌人として名のある人のようである。

ちなみに正岡子規が「歌よみに与ふる書」を新聞『日本』誌上に明治三十一年二月から十回にわたって発表するのは十三年後のこと。子規以前の歌詠みは「旧派歌人」とひとくくりにされてしまうことが多い。

序文の後に三條實美公（一八三七〜一八九一）の和歌を原田直茂が書いており、さらに平山省齋（一八一五〜一八九〇。三春藩士の子だが幕臣となり維新後は神道大成教を興したり、日枝神社や氷川神社の大宮司となった人）の書が入れてある。そして三十三丁にわたって活字で詠史歌を記す。その後に橋本弘道（一八三四〜一八九五）の祝の歌があり、最後に「皇国詠史歌集作者姓名録」を四丁分載せてある。これは過去の詠史歌集（『鴨河集』など）の体裁を踏襲したものである。

詠史歌は全部で六百七十二首あり、神祇（十神十首）、皇親（十八人四十六首）、文臣（二十五人百八首）、武臣（八十人三百六十八首）、歌人（四人十三首）、文学（十人十七首）、忠孝（五人九首）、義勇（十人二十八首）、女流（十七人四十三首）、貞女（三人七首）、遊女（三人五首）、釋氏（八人十七首）に分類されており、末尾に祝太平世（一首）を載せている。

作者は二百二十四人で、多作順に記すと、三河・原田直茂三十五首、伊豫・井手真棹三十四首、備前・武藤手束二十九首、三河・橋本弘道二十首、三河・竹尾正久十五首、三河・木俣周平十四首、駿河・藤井真壽十二首、讃岐・上里濟十首である。編輯者の原田直茂の作が最多なのと、作者が三河だけでなく全国に及んでいるのは注目していい。

『皇國詠史歌集』の夫妻の歌

ここに『皇國詠史歌集』所収の竹尾正久の歌十五首と、妻の竹尾小笹子の歌三首の注釈をしておく。

神祇　天宇受女神

面白とたゝへそめしは神の名のみやひの舞によりて成鳬　竹尾正久（1オ）

天宇受女神は天照大神が天の岩戸に籠もったとき、岩戸の前に桶を伏せて、その上で足踏みして音を響かせながら神がかりして、胸乳を掻きだし、裳の緒をほとまでおし下げて踊った神。それをみた高天原の八百万の神々が笑いどよめいたという神話（『古事記』上巻八三頁）で知られている。歌の意味は「面白しとほめたたえそめたのは、この神の名の雅の舞によってであるなあ」である。

文臣　忌部廣成宿禰

なけきつゝ君かひろひし言の葉は神代の道の栞なりけり　竹尾正久（5ウ）

忌部廣成宿禰（?～?）は平安時代初期の貴族で、姓は忌部宿禰のちに斎部宿禰に変わるが、神祇大副になっている。これは神祇伯に次ぐ官職で従五位下相当の位である。斎部氏は中臣氏と並んで朝廷の祭祀を掌る家柄であったが、中臣氏が祭祀の官職を独占するようになったため、廣成は大同二年（八〇七）平城天皇の召問に応えるため『古語拾遺』を著した。斎部氏の正当性を込めた書といわれるが、記紀にない斎部氏の伝承が書いてあるので、貴重な資料といえる。だから正久も「歎きながら君が自家の伝承を書き記した言葉は、わが国の神代を知る道の栞であるなあ」と詠んだのである。

菅原道真公

筑紫の海入にし月は出にけり北野の松をさやにてらして　竹尾正久（6オ）

菅原道真（八四五～九〇三）公は宇多天皇に重用され、醍醐帝のとき右大臣になるが謀反の計画をしたとして太宰府に左遷され、現地で没した。死後、怨霊説が生まれ天暦元年（九四七）北野社で神として祀られる。意味は「筑紫の海に沈んだ月が京の北野神社の松を明るく照らしていることよ」である。

北畠親房卿

生しつる御園の竹のかれしより世はうきものと思ひ果劔　竹尾正久（7ウ）

北畠親房（一二九三～一三五四）卿は鎌倉時代から南北朝時代の公卿。後醍醐天皇の建武の中興の後、南朝方の公卿として各地を転戦し、最期は奈良県吉野の賀名生行宮で没す。歴史書『神皇正統記』を著し、江戸時代の歴史家、思想家に影響を与えている。幕末の勤皇家たちへの影響も大きい。意味は「生えてきた御園の竹が枯れてから、この世は憂きものと思い果てたことだろう」である。

武臣　鳥捕部萬

竹村にしはしかくれし君か名は萬代迄もかくれさりけり　竹尾正久（11ウ）

鳥捕部萬（?～五八七）は物部守屋の資人（奈良時代の下級官人）。用明天皇二年（五八七）七月条に廃仏派の物部守屋が崇仏派の蘇我馬子と戦った時、物部の邸を守備したが、守屋が敗れたと聞き山中に逃げ竹藪の中で竹を縄でつないで動かし、敵が近づいたところを弓矢を放ち抵抗したが、最期は自刃した（『日本書紀』下）。意味は「竹林にしばらくの間隠れた鳥捕部萬の名は萬代までも湮滅することなく伝えられたことだ」である。

大伴部博麻

なみならす御國思ふと三十年のうき寝かなしき唐泊かな　竹尾正久（12オ）

大伴部博麻（?～?）は斉明天皇七年（六六一）の白村江戦で唐の長安へ連れ去られ、遣唐使で捕虜にされていた人を救い、持統天皇の朱鳥四年（六九〇）に三十年ぶりに帰国した人。意味は「並の人ではないなあ、国を思って三十年の長くて心落ち着かない日々の哀しい唐での生活だったことよなあ」である。

國のため年の三十年諸越の虎ふす野邊にやとるきみかな　竹尾小笹子（12オ）

正久の継室・小笹が博麻を歌った歌。意味は「お国のために三十年もの年月、唐土の虎が出るという野辺に寝泊まりした君であるなあ」となる。捕虜生活の長さを詠む。

楠　正成公

みなと川つゝみく江たる五月雨に雲の上迄袖ぬらしけん　竹尾正久（18オ）

楠　正成（一二九四～一三三六）公は鎌倉時代から南北朝時代の武将。建武の中興をなしとげた後醍醐帝のために足利尊氏と戦うが、湊川の戦いで戦死する。歌の意味は「湊川を包み込むように降る五月雨に、雲の上人である天子も袖を濡らして哀しんだことだろう」である。

織田信長公

八平手を打あらためし心よりあつ田の神もちはひまし劔　竹尾正久（24オ）

織田信長（一五三四～一五八二）公は戦国時代から安土桃山時代の武将。「八平手」とは八枚手のことで、柏の葉を合わせ、竹の串で刺し綴じ、神に供える器としたもの。『神楽歌』に「八平手を手に取り持ちて、我韓神の韓をぎせむや」（『古代歌謡集』所収）とある。「ちはひ」は「幸ふ」の連用形で、神が守り幸いを授ける意。正久の歌の意味は「八枚のひらでを丁寧に改め調べて、熱田の神に心から祈ったので神も助け守って幸いを授けたのだろう」である。信長が駿河の今川義元を桶狭間（おけはざま）で討つ前に熱田神宮で戦勝祈願をしたことを指す。

豊臣秀吉公

皇（すめ）ら邊（へ）をあふく御幸（みゆき）の道つくり諸越（もろこし）まてといひし君はも　竹尾正久（24ウ）

豊臣秀吉（一五三七～一五九八）公は農民の出ながら織田信長の臣となり、明智光秀を討ったことで日本全土を掌握し、晩年は朝鮮半島にまで出兵した武将。意味は「皇室を敬（うやま）い仰（あお）いで行幸（みゆき）の道路（みち）を作るのだと、唐土まで行くぞといった秀吉君が思われることだなあ」となる。

忠孝　養老孝子

老人をやしなふ美濃（みの）の山賤（やまがつ）は瀧（たき）の音（ね）たかく世に聞江（きこえ）けり　竹尾正久（27ウ）

養老孝子（ようろうこうし）とは親孝行譚のひとつ。岐阜県養老郡養老町にある養老の滝にまつわる伝説で、『古今著聞集』『十訓抄（じっきんしょう）』にある。霊亀（れいき）三年（七一七）美濃国の貧しい樵（きこり）で源丞内（げんじょうない）という親孝行者がいた。父親は目が不自由なので、丞内は山に薪を取りに行き、それを売り米や酒を買って親の面倒をみていた。ある日、丞内が山で眠ってしまうと夢の中で酒の匂いがする。目がさめると香り高い酒がわく泉がある。その水を持って帰り、親に飲ますと父の目がみえるようになったという。歌の意味は「老人を養う美濃の国の樵は養老の瀧の音のように、孝行息子の名を高く世間に知られるようになったなあ」。

男狭磯海人

大君の命かしこみわたつみの底の眞玉をとり得つるかは　竹尾正久（28オ）

男狭磯海人は『日本書紀』巻十三、允恭天皇十四年（四二五）九月、島神の霊言を得た允恭天皇が淡路島での狩りを成功させるため、明石の水深六十尋の海にもぐり、島の神にそなえる真珠をもった大鰒を抱き上げてきた人で、その直後に海人は死ぬ。天皇は悲しみ墓をたてたという。歌の意味は「天皇の御命令に従い、海の底の真珠をとって手に入れてきたのだが」となる。歌の末尾の「かは」は反問の終助詞。

女流　伊賀局

君を思ふ心もたかきたにかはに大木の橋を渡しつるかな　竹尾正久（30オ）

伊賀局（?〜一三八四）は南北朝時代の勇女。篠塚重広の娘。後醍醐天皇の女院・阿野廉子に女官として仕える。のち楠正成の三男楠正儀の妻となる。廉子とともに賀名生行宮に落ち延びた時、吉野川に架かる橋が崩れていたのを、伊賀局が大力で近くの桜や松の枝を川へ投げ込み橋を作り廉子を背負って対岸へ渡った（『吉野拾遺』群書類従四八五）。意味は「あなたを大切に思う心も高く、高い山中の谷川に大木の橋を掛け渡したことだなあ」となる。

小式部内侍

よそに聞袖さへぬれて悲しきは親に先たつ露のことのは　竹尾正久（30オ）

小式部内侍（九九九～一〇二五）は和泉式部の娘。母とともに一条天皇の中宮彰子に仕えた。百人一首に「大江山いくのの道の遠ければまだふみもみず天の橋立」がある。藤原公成（九九九～一〇四三）の子を産む時死去。その時母の和泉式部が「とどめおきて親をあはれと思ふらむ子はまさりけり」（『後拾遺和歌集』）とうたった。正久の歌の意味は「わが身でなく聞いた話でも袖を濡らすほど悲しいのは、親より先に子が露と消えたと歌った言葉だ」である。

しぬはかり歎きし君か言の葉はよそに聞ても悲しかり梟　竹尾小笹子（30オ）

意味「死ぬほど嘆いたあなたの言葉は、傍から聞いても哀しいことだなあ」である。

楠　正行母

楠の木の大木にならふ母そ葉は深き木蔭と仰かれにけり　竹尾正久（31ウ）

楠正行の母。正行（?～一三四八）の母は楠正成の妻だが、正行が父歿後に南朝の中心的武将として北朝と戦うが、最期に四条畷の戦いで戦死する。母のことは名も伝えていない。歌の意味は「楠の木の大木と同様のははその葉は、深い木陰のような慈愛に満ちた存在だと仰がれることだなあ」である。『万葉集』巻十九、四一六四の大伴家持の長歌に「ちちの実の父の命、ははそ葉の母の命」とあり、その歌をふまえる。

橘 逸勢女

立花の散にし跡をたち去らてなく音かなしき不如帰かな　竹尾正久（31ウ）

橘逸勢（七八二〜八四四。三筆の一人）の娘。父逸勢が承和の変（八四二年）で伊豆に流罪となった後、護送中に遠江国板築（三ヶ日町本坂）で病没したとき、娘は父の死を知り、尼となり名を妙冲（仲とも）と改め、菩提を弔った。今、三ヶ日に橘逸勢神社がある。歌の意味は「橘が散った（死んだ）跡を立ち去ることなく、鳴く鳴き声が悲しいホトトギスであるなあ」である。

豊臣政所吉子

争はぬ風のやなきをこゝろにて浪花の蘆はよそにみつ覧　竹尾小笹子（31ウ）

豊臣吉子は秀吉の正室ねね（一五四二？〜一六二四）のこと。法名は高台院湖月心公という。吉子は天正十六年（一五八八）に従一位をさずかった際の位記にある名。これは秀吉の名を受けたもの。戦国から江戸時代初期の人。杉原（木下）家定の妹。北政所といわれる。歌の意味は「争わない柳に風とうけながすことを心掛けにして、浪花の蘆である淀君のことを他人ごとと見ていたことだろう」となる。

正久が詠んだ十五首の詠史歌の中で、南北朝時代の人が四名取り上げられている（北畠親房、楠正成、伊賀局、楠正行母）ことと、現代では知られることの少ない忌部廣成、鳥捕部萬、大伴部博麻、男狭磯海人、伊賀局などを取り上げて歌っている点が注目される。南北朝の人々をうたうのは国学者としての立場を現すように思うが、歴史に埋もれた人に光をあてるのは、正久独自の歴史観をうかがわせる。

原田直茂の墓

令和二年のある日、作手歴史民俗資料館で情報を得て、新城市作手の守義の郷中に行った。原田直茂の家を近所の方に尋ねると、原田昭三氏宅で聞けばいいと教えてもらう。昭三氏の家を訪問すると、ちょうど奥さんの原田多加子さんと息子さんがいて、原田直茂の家はもうここにはない、屋敷跡はすぐ下隣の一反歩くらいの広場がそれだという。杉の大木が屋敷跡を彷彿とさせる。昭三氏宅は原田紋右衛門直茂家の新家だそうである。

直茂の墓は向かいの山の中腹の共同墓地にあるとのこと。行ってみると、墓は共同墓地の上から三段目の中央にあった。山陰のため墓にはまだ雪が積もっている。正面に「故原田直茂翁墓」、左側に「昭和三年〇〇」(〇は読めなかったが『つくで百話』に「八月九日」とある)と「原田直正長男」の文字がある。他にも文字があるが苔のため判読できない。

これにより直茂は原田直正の長男(兄二人は亡くなった)であり、昭和三年に没したことがわかる。享年六十三歳。左隣に「故稲守久子刀自墓」があり、左側に「昭和二年」とあるのが読める。奥さんの名前と、その没年が直茂の死の前年だったことも知れた。

原田直茂の子孫の方がこの土地を離れたのは昭和三十四年(一九五九)の伊勢湾台風で崖崩れがおきたためだとか。山中の険しい斜面に平地を整え宅地にしてあるので、崩落が起こりやすいのは無理

新城市作手守義郷中にある原田直茂の墓

もない。さらに原田家は明治のころ田口線（飯田線の支線）の駅まで自分の土地だけで行けたとも聞き、相当な地主だったことは確かだろう。

賀茂から作手守義までの距離は四十キロほどある。明治九年か十年頃（直茂十二～三歳、正久四十三～四歳）だろうか。正久は、この距離を歩いて守義まで行ったわけだ。そこで原田家に数日宿泊して直茂に国学や作歌を教えたのだろう。その出会いは特に直茂少年に強い影響を与えたと思われる。直茂が明治十八年（一八八五）に二十一歳の若さで『皇國詠史歌集』を編輯したのは、直茂のとびぬけた資質によるのは当然だが、正久の国学と和歌への導きが関係しているに違いない。

第二章　竹尾正久夫妻、三上に住む

『皇國詠史歌集』巻末の「作者姓名録」の竹尾正久の部分に、住所が「八名郡三上（みかみ）村」とある。これはなぜであろうか。

　賀茂村でなく、三上村とある以上、竹尾正久夫妻は三上に住んでいたことになる。この本は明治十八年（一八八五）十二月三十日に刊行されたから、正久は小笹子と再婚したあとだ。二人は賀茂でなく三上に住んだということである。那賀山乙巳文『賀茂縣主竹尾家と其一族』には、竹尾正久は一家をなさなかったと書いてあったが、違うのだろうか。

　正久が田原藩士の福島某の女れきと結婚したのは幕末のころだろう。おそらく二十代だったと思われる。その妻れきが明治十年十一月九日に亡くなった。正久は四十四歳だった。継室小笹を迎えたのは何時かわからないが、翌年では早過ぎるから翌々年の明治十二年ではなかろうか。

　小笹子（？～一九〇九）は「西尾錦城町松平親妹」（一八頁、「親」は「親方」の誤り）と那賀山乙巳文氏は記す。「女」でなく「妹」とあるのは、家長が父親でなく兄だったからで、小笹子もある程度の年齢だったことを推測させる。三宅英煕は正久翁の碑文に「配の笹登自も亦た能く咏ず。其の巧みなること殆ど翁と相頡頏すと云ふ」と褒めている。あるいは小笹子は結婚前から作歌していて、二人は歌の繋がりで知り合ったかもしれない。

　正久が三上に住んだ資料は他にもある。羽田野敬雄の『栄木園聞見集』5（豊橋市立中央図書館蔵）に『建築願』という題で、碧海郡新堀村に鈴木重範を祭る霊社を建築したいという願書を愛知

東京 日比谷 田中頼庸
三河 八名郡三上村 竹尾正久
三河 渥美郡豊橋 竹村有茂
越後 蒲原郡彌彦村 高橋光嶺
武藏 秩父郡下吉田 田中義村
美濃 安八郡[illegible]俣村 棚橋碌翁
攝津 住吉郡[illegible]寺 津守國美
三河 渥美郡豊橋 司守富

常陸 高寺吉平
同上 竹尾小笹子
出雲 意宇郡西來海村 武田道年
伊勢 三重郡[illegible]森村 高田顯允
三河 寶飯郡篠田村 田中定宣
岩代 安達郡北戸澤 館脇文志
岩代 會津郡若松 弦木直道
同上 司守職

『皇國詠史歌集』の
三十五丁目表

県令安場保和（一八三五〜一八九九）に提出したものの写しである。その有志の中に「八名郡三上村竹尾正久」の名が挙げてある。日付けが「明治十二年」とあるので、この年には正久は三上村に住んでいたとわかる。

『豊川年浪集』「第壹集」

さらに『豊川年浪集』の「第壹集」にも二人が三上に住んだ証拠がある。『豊川年浪集』の凡例の年号は「明治十三年十二月　隨園主人しるす」（「隨園」は正久の号）とあり、それに次の小笹子の歌が収められている（四丁裏）。

深山瀧　竹尾小笹子

鳥の音の聞江ぬ山の奥にても瀧の音すなり水はすむらむ

「音」を二度使っているが、前は「ね」と読み、後のは「おと」と読む。題詠の作だから実感は乏しい。意味は「鳥の鳴き声が聞こえないほど山の奥でも瀧の音はする。その瀧の水はきっと澄んでいることだろう」である。

この『豊川年浪集』の末尾の「附言」に、次の文がある。

新しき年浪立もかへらは豊川の邊は更にもいはす國の名におふ三河の流の水上より矢作の川の末までも其川ゝの隈ことにおふる玉藻の數ゝを残る方なくかりつとへ三河年浪歌集を撰ひ摺巻とな

して大屋川原の公に川波たかく聞江あけ普く雅友に見せはやと思ふこゝろを諾ひて四方の野山に
艶らむ言葉の花の數、をも惜まて贈り玉へかしと乞ねくものは水鳥の賀茂のなかれにすめる
竹尾正久

七五調の雅文だ。正久が「賀茂のなかれにすめる」といっているのだから、賀茂に住んでいたと思うかもしれないが、「賀茂にすめる」でなく「賀茂のなかれにすめる」というのは、賀茂より豊川沿いの下流の三上に住んでいたと考えた方がいい。明治十三年の十二月の時期には既に小笹子と結婚して、三上に新居を構えていたのだろう。

この三上村の成立は明治十一年十二月二十八日で、三渡野村と堙ノ上村から一字ずつとってつけられた合成地名で、この二村と古川新田が合併して三上村となった。江戸時代は吉田藩領であったが、明治になって行政の仕組みが変わったための合併である。

多田了證の華暦歌集『松の友』

夫妻が三上村に住んだことを示す資料はもうひとつある。

多田了證の華暦（還暦のこと）を祝う歌集『松の友』（豊橋市立中央図書館蔵）である。この冊子は松平忠敏（一八一八～一八八二）の歌と絵を巻頭に、羽田野栄木（敬雄。一七九八～一八八二）の序文、竹室仁翁（奥付けに「編輯人鈴木義準」とあるので同一人か）の凡例があり、巻末の奥付に「明治十三年十二月十七日御届／仝　十四年　月　日刻成」とあるから、『豊川年浪集』と同時期のもの

権現山の中腹にある緑野神社の鳥居の額

である。

この仁翁の凡例に、「そは此國の名所緑野のほとりなる竹尾正久大人の撰を乞たるによれり」という一文がある。「此國」とは三河国だろうし、「緑野」とは三上の権現山に緑野神社があるから、そこだろう。三上の権現山の近くに竹尾正久たちは住んでいたと思われる。

和泉式部の歌

『松の友』の凡例に「緑野」を「此國の名所」というのは和泉式部（九七六～一〇三〇）の歌があるからである。それは、

　みどりのいけ　參州

　康平四年三月祐子内親王家名所歌合　和泉

春ふかく成行ままにみどりのの池の玉藻も色ことにみゆ　（『夫木和歌抄』一〇八四三）

という歌である。

同じ時の歌合の相手は小侍従（女房名のため誰か不明）で、その歌は、

同　小侍従

春雨の降りそめしよりみどりのの池の汀ふかくなり行く　（『夫木和歌抄』一〇八四四）

という（『夫木和歌抄』第二十三、雑部五。『増補国歌大観』による）。

康平四年（一〇六一）に祐子内親王（一〇三八～一一〇五。後朱雀天皇第三皇女）の家で「名所歌合」があり、「みどりのいけ」という題で歌合をした。ということは、康平四年には「みどりの」が名所になっていたからだろう。

ところが、康平四年には和泉式部はすでに亡くなって三十年も経っているから、本人が出席しての歌合ではない。小侍従もどういう人かわからない。「みどりのいけ」の題で両者の歌を合せただけである。この『夫木和歌抄』は鎌倉後期の延慶三年（一三一〇）ころ勝田長清（？～？。冷泉為相〈一二六三～一三二八〉の門弟で遠江国勝間田の豪族）が撰んだものという。

この歌の「緑野」が三上の緑野神社周辺だといえるかは、他に豊田市説もあり問題があるのだが、現在、三上のろっぱい橋の近くに和泉式部の歌碑（昭和五十四年三月、山本哲、山本秀雄ほか四十二名により建立）が立てられている。「豊川市長山本芳雄書」とあるので、昭和三十八年から昭和六十二年まで長く市長を勤めた山本芳雄氏の書で、題は「みどりのいけ」でなく「みどり野にて」となっている。

和泉式部の歌の意味は「春が深まりゆくままに緑野の池の美しい藻も色が鮮やかで特別に思われる」であり、小侍従の歌は「春雨が降りだした時から緑野の池の汀が深い色を湛えだしたことだ」である。

権現山の緑野神社に行く途中に小さな水たまり状の池があり、これが緑野池かと思ったが、違うか

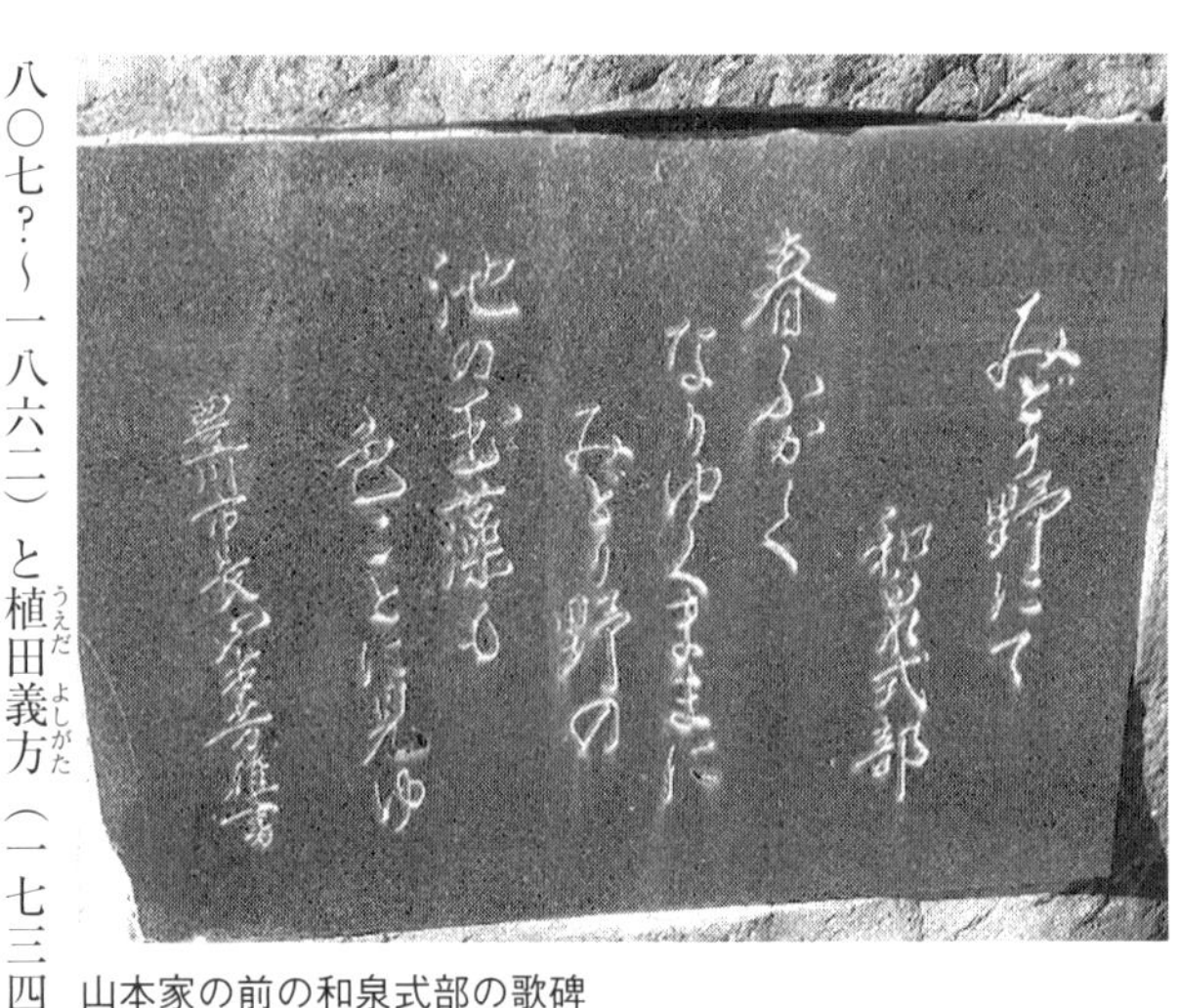

山本家の前の和泉式部の歌碑

もしれない。それは夏目可敬『參河國名所圖繪』中巻（昭和四十七年復刻、愛知県郷土資料刊行会、五四六～五四七頁）に次の「八名郡緑野池」の絵があったからである。

豊川が左から右に流れており、川下から船を曳いて上って行く。川上から筏流しがきて、渡船の船も描かれている。左上に日照山（照山のこと）があり、間川が流れてきて左下で豊川に注ぐ。左隅に加茂村とあり、右下の川の下に三渡野村（みとのはみどりのの略語という）がある。権現山が右上に描かれ、正面左上部に「ミドリ塚」その下に「緑野池」とあり、さらにその下が「ロッパイ」とある。ロッパイは豊川からはみ出した遊水地風である。ミドリ塚の右手の村は入文村（現石巻小野田町）とある。上部の余白に『參河國名所圖繪』の著者・夏目可敬（一八〇七？～一八六二）と植田義方（一七三四～一八〇六）の和歌を書く。

この絵には緑野神社は描かれていない。ミドリ塚と緑野池があるが、権現山の麓でなくロッパイの隣に描く。豊川は鎧堤（霞堤とも）だから、ロッパイのところで堤防が切れていて、台風などの出水

『参河國名所圖繪』中巻「八名郡緑野池」

時にここから水が入ってくることで、堤防が決壊することを防いでいる。ロッパイはそのためにできた遊水地である。緑野池もその近くにあったとみた方がよさそうだ。

『松の友』の正久の歌

『松の友』に掲載された正久の歌の題は二つあり、「寄紅葉祝」と「寄松祝」だ。歌は、

八名郡　竹尾正久

千五百秋（ちいおあき）多田のさかえもみやち山もみちのをり
にわれはとはまし

大空の雲もかゝらむ世にあひて高さくらへよ松
のよはひに

とある。前のが「寄紅葉祝」の歌で、後のが「寄松祝」の歌だ。

「千五百秋」（「ちいおあき」と読む）とは、「葦原（あしはら）

千五百秋之瑞穂國」と『日本書紀』（神代紀下）にある表現で「永遠に続く」という意味がある。「みやち山」とは宮路山のこと。豊川市赤坂町にある標高三六一メートルの山で、その近くに多田了證の家があった。前者の意味は「永遠に長生きする多田了證翁の栄えるさまも、宮路山が紅葉で赤く色づく折に私は訪問したいものだ」であり、後者の歌の意味は「大空に雲ひとつないような澄み切った良い世の中だから、高さ比べじゃないが松の長い寿命と比べるほど長生きしなさい」となる。

多田了證は赤坂宿に住む人で『類題三河歌集』にも『皇國詠史歌集』にも名がないけれども、羽田野敬雄の三周忌の追悼歌集『さかきの露』（明治十八年）や『三河年浪歌会』第一集、第三集（明治二十五、二十七年）に歌が採られているから、後年交流しだしたのだろう。

このように夫妻が明治十三年から数年間三上村に住んでいたことは確かである。ただ、二人は三上村に永住したのでなく、「明治廿四年歌會課題」に「愛知県八名郡賀茂村竹尾正久」とある（熊谷武至『三河歌壇考證』一八四頁）から、十年ほどで賀茂に帰っているようだ。ということは正久は竹尾本家から分家したわけでなく、一時的に三上に住んだだけで、独立して一家を構えたわけでないことを示す。養子を迎えて家の存続を図ってもいない。

第三章　竹尾正久夫妻の歌

「鈴屋本居翁六十一年追慕會」の歌

ここで改めて正久の歌作をたどっておきたい。

最も早い歌は、豊橋市立中央図書館に「鈴屋大人六十一年霊祭集」（文久元年辛酉十月十八日於榊園）という冊子にある。

「鈴屋大人」とは江戸時代の国学者として知られる本居宣長（一七三〇～一八〇一）のことで、その追慕祭を、文久元年（一八六一）に榊園という羽田野敬雄邸で祭典と歌会をした記録である。羽田野敬雄（一七九八～一八八二）は文政八年（一八二五）に宣長の養子・本居大平（一七五六～一八三三）の門人になり、文政十年には平田篤胤（一七七六～一八四三）に入門している。三河の国学者は歌人が多く、宣長・大平の歌人としての教えに心をよせていたのだろう。

ちなみに、これより以前の安政六年（一八五九）九月二十六日に、平田篤胤の十七回忌霊祭歌会をしていて、羽田野敬雄は宣長の追慕祭歌会と合わせて冊子にしている。

冊子を開くと「鈴屋本居翁六十一年追慕會」「於榮樹園執行當日出席作者」とあり、中山弥助繁樹、草鹿砥近江守宣隆以下二十一名の名前の後に、奉行として鈴木源吉茂世（一八〇四～一八六九）、久田卯平祐利（?～一八八一年までは存命）、さらに執持として廣岩又右エ門敬貞（一八三六～一九〇二）、同主水敬敏（一八一七～一八九五）、佐野権右エ門深寧（蓬宇。一八〇九～一八九五。俳人として知られる）、同幸太郎（?～?）の四名の名前があるので、この六名が選考委員だったのだろう。

あらかじめ出された兼題（会を開く前に出された題）は「寄紅葉懐旧」「復古道」の二つである。出席者二十一名のなかに竹尾正久の名はないが、歌はある。歌会に出席しなかったが、書面であらかじめ参加していたのだろう。そういう人は二十六名もいて、当日参加者より多い。

「正久　竹尾雄之介」（翁の幼名・勝之介に同じ）として書いてある歌は、

まがつ日の神のあふひやなこむらむもとの教にかへる道かな
過し世をしのへは庭の紅葉もほろほろおつる袖のうへかな

の二首で、前者が「復古道」の題の作、後者が「寄紅葉懐旧」の題の作である。

文久元年は一八六一年であり、正久二十七歳である。これが今のところ分かっている資料でいちばん古く残っている翁の歌作であり、三河歌壇界へのデビュー作といえる。

前の「復古道」の歌の意味は「禍津日の神は厄除けの守護神だから、この神に逢う日は和やかに思われる。日本本来の教えに立ち返る神の道であるなあ」である。禍津日神の解釈は本居宣長と平田篤胤で異なっているようだが、ここでは篤胤の禍津日神を悪を悪として認識する神という解釈によって歌っているように思う。大筋は国学の復古の主張に則っているようだ。

次の「寄紅葉懐旧」の歌の意味は「過ぎ去った世の中を偲ぶと、庭の紅葉の葉がほろほろと袖の上に落ちることだなあ」と紅葉に寄せて懐旧の情を歌っている。こちらの作の方がわかりやすい。

このような三河歌壇の中で、若手の歌人として信頼されたのだろう。慶応三年（一八六七）三十四歳の若さで、『類題三河歌集』上下二冊（松塢亭蔵板）の編輯をしたことは前に詳述した。

『さかきの露』の正久夫妻の歌

明治十年（一八七七）に妻のれい、き刀自がなくなった後、小笹女と結婚し三上に住む。それからの二人は凹山師（三宅英熙）が「鳳唱凰和」と称するように、夫唱婦随で歌の道に邁進してゆく。『さかきの露』という羽田野敬雄三周忌追悼歌集（明治十八年七月刊）所収の正久と小笹の歌を紹介しよう（一七頁）。

羽田八幡近くの長全寺にある「権少教正羽田野榮木之墓」

三河国　八名郡　竹尾正久

道のため書みてをしむ君なるをなと幽世にめさけましけむ（「めされ」の誤植だろう）

同　竹尾小笹

ふみゝれは昔に帰る道はあれと帰らぬ君はすへなかりけり

正久の歌の意味は「惟神の道のために書をみても敬雄大人を惜しむことだ、どうして君はあの世に召されてしまったのだろう」である。小笹子の歌の意味は「あなたの手紙をみて昔のことを思い出す方法はあるが、二度と帰らな

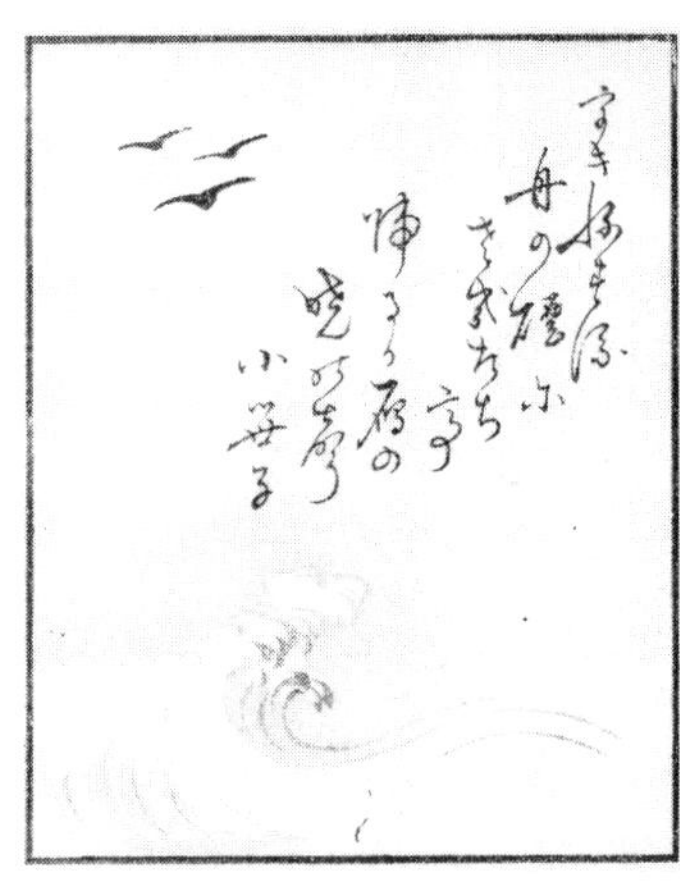

竹尾小笹子の歌

竹尾正久翁の歌

いあなたはどうしようもない」である。二人の羽田野敬雄に対する思いの深さが窺える。

『三河の玉藻』の正久夫妻の歌

次に、同じ明治十八年（一八八五）十二月一日の序文のある『三河の玉藻』（村上忠順（ただまさ）一周忌にあたり三男・村上忠浄（ただきよ）〈一八四七～一九二三〉が刊行、西尾市岩瀬文庫所蔵）という画入り歌集がある。村上忠順はたびたびふれてきたように、『類題三河歌集』の序文を書き、ともに歌を選んだ人でもあり、この道の大先輩である。その人が前年の明治十七年の十一月二十二日に亡くなり、一年後に息子の村上忠浄が絵入りの追悼誌を編んだのである。

それに出した正久の作は次の通り。

歌は「嶌（しま）の崎真山（さきまやま）のおくも明（あき）らけくをさまる御世（みよ）のさちをこそうれ」と読める。意味は「島々の岬や山々の奥までも明るく開けていく、明治の帝（みかど）の治世の幸（さち）を受けていることよ」と解せる。

同書の小笹子の歌は、

「うきねする舟の煙にさきたちて帰るか鴈の暁の聲」というもので、意味は「不安な悲しみを抱いて寝る舟の朝餉の煙の立ち上る先を、鴈が鳴き声をあげて北に帰っていくよ」であり、一周忌にふさわしい内容だ。

正久編集の歌集と正久の歌

豊橋市立中央図書館には前述の『類題三河歌集』以外に、『三河年浪歌合集』第壹号として、三宅均が年浪集を合冊したものが収蔵されている。合冊順に示すと、

①「三河年浪歌合集第壹號」（明治二十五年〈一八九二〉八月印刷）
②「三河年浪歌合集第貳集」（明治二十六年〈一八九三〉七月印刷）
③「　同　第三集」付・作者氏名百名（刊行年不明）
④「豊川年浪集四號」（明治二十二年〈一八八九〉十月序）
⑤「豊川集附録福羽大人判　三十九番歌合」（明治二十四年〈一八九一〉九月）
⑥「豊川年浪集己丑百首」（明治二十二年〈一八八九〉）
⑦「石巻神社奉納左額歌」（明治二十五年〈一八九二〉）
⑧「豊川集辛卯編」（明治二十五年〈一八九二〉六月）

の八冊を順不同で合冊してある。『豊川集』『三河年浪集』が何集刊行されたかはっきりできないが、正久は晩年まで歌集雑誌を編集しつづけていたことがわかる。

この中から正久の歌を年代順にみておこう。
まず、④「豊川年浪集四號」に三首ある。『豊川年浪集』は明治十三年に第壹集を出しているので、一年一集の刊行とすれば第十集になるはずだが四號なので、十年間に四回出していることになる。本人が編集しているので自分の歌は少なくしているようだ。

④「豊川年浪集四號」（明治二十二年十月序）

新年の朝雪の晴たるを見て

雪はる丶年の初風(はつかぜ)けさ立(たち)てもとのみとりにかへる松かな　ミカハ竹尾正久（ミカハは三河の意）

（雪空が晴れて新年の初風が朝吹いたので、松の雪が風に吹き散らされ、松本来の緑色に返ったことだなあ）

田畔露

宍(しし)追ふと山田の畔(あぜ)を行(ゆき)かへり袂(たもと)のつゆのかわく夜(よ)もなし　竹尾正久

（イノシシを追い払おうと山田の畔を行き来するので、毎晩着物の袂が露に濡れて乾くことがないことだ）

冬の夜木の芽にる庵(いおり)にて

冬の夜も木の芽にる屋(や)は春めきぬ道の寒さを忘(わすれ)のみかは　竹尾正久

（冬の夜であっても茶の新芽をにる家屋の中は春めいているなあ、やってきた道の寒さを忘れるだけであろうか、それだけではない暖かさだ）

木の芽は山椒（さんしょ）の新芽のことを普通はさすが、ここでは茶の葉を蒸して寒茶（かんちゃ）を作っている様子をうたう。⑥の歌の「新年煮茶」にも「このめにるや」という表現がある。愛知県の山間地での体験だろう。

幼童にまなびの道を勧（すす）めて

楠木の大木（おおき）に雙（なら）ふ柞葉（ははそば）のかけふみ、よといはぬ日はなし

（楠の大きな木に並ぶほどの立派な楠正成親子の忠義の心に倣って、ははそばの母のかげを踏んでみよと教訓を垂れない日はない）

「柞葉（ははそば）の」は母にかかる枕詞だが、ここでは枕詞として使っていない。『皇國詠史歌集』にも楠正行（まさつら）の母を歌った作があった。「柞葉」は『万葉集』巻十九の四一六四番の大伴家持の「ちちの実の父の命（みこと）、ははそはの母の命（みこと）」をふまえる点は同じ。柞はブナ科の落葉広葉樹。クヌギやコナラのこと。

⑥「豊川年浪集」己丑百首（明治二十二年）

新年煮茶

年立（たち）てこのめにるやの松風はのとけきおとの始（はじめ）なりけり　竹尾正久

（立春になり茶の木のはを煮る〈蒸すこと〉家に松風が吹く。その音はのどかな春を思わせ、年の初めだなあと感じさせることだ）

④の「冬の夜木の芽にる庵にて」と同じく、「このめ」は普通山椒の新芽をさすが、ここは茶の葉のこと。立春に茶の新芽が出るわけはなく、厚手の茶の葉を摘み、蒸す。その後で日に干して乾燥さ

せたものを寒茶（かんちゃ）という。冬の寒い時（正月から節分まで）に摘む。寒茶は今も愛知県の足助（あすけ）地方などに残る茶の作り方である。正久が足助の山間地に行って体験したことが背景にあるかもしれない。

次の⑤「豊川集附録福羽大人判　三十九番歌合」は巻頭に山本金木（かねき）と歌合をした作が収められている。

⑤「豊川集附録福羽大人判　三十九番歌合」（明治二十四年九月）（福羽大人（うし）は福羽美静（ふくはびせい）のこと）

壹番　海邊春望

左　勝　　遠江　山本金木（遠州・渭伊（いい）神社の宮司）

とはにさく浪（なみ）の花さへめつらしく霞（かすみ）てにほふはるの海原（うなばら）

右　　三河　竹尾正久

月もあらはいそによる浪よるもみむ霞てにほふ春の松嶋（まつしま）

右のかた月をおもへるもおもしろし然れとも左の方とはにさく浪の花をよみ出たる其こころちいささかまさりたるか如し

歌合の題は「海辺の春望」で、左の山本金木の歌の意味は「永遠に咲きつづける花のような浪までもめつらしく思われる春の霞にかがやく海原である」で、竹尾正久の歌の意味は「月が出ているならば磯辺にうち寄せる浪ではないが、夜になっても見たい霞に照り映（は）える春の松島よ」となる。

これについての福羽美静（一八三一～一九〇七。もと津和野藩士。国学者、歌人。大国隆正の門人。明治二十三年貴族院子爵議員になる）の判定は左の山本金木を勝として、「右の歌は月を思っている点が面白い。しかし、左の方の永遠に咲く浪の花を詠み出でたその気持ちがほんの少し優っているようだ」といっている。山本金木（一八二六～一九〇六）は二十四歳の正久が安政四年（一八五七）十二月二日に引佐（いなさ）の金木宅を訪問して以来の仲で、歌の道の先輩である。判者の福羽美静とは明治になってから交流が生まれたものと思われる。

⑧「豊川集辛卯編」（明治二十五年六月印刷、八月出版御届）

立春霞

杉村（すぎむら）のかすむをみれは砥鹿（とが）の嶺（みね）の遠放（とおさか）りゆく春はきにけり　竹尾正久

（杉村が霞んでいるのを見ると、砥鹿の神を祀る本宮山（ほんぐうさん）の嶺（みね）が遠くに見える春になったことよなあ）

「杉村」は地名でなく杉がむらがって生えているとみたほうがいい。本宮山には杉の大木が多い。

春日遅

短くもはる日くらして長しとは石（いし）あらそひの数にこそしれ　竹尾正久

（春の日は短いが長く感じることもある、印地（いんぢ）打（う）ちの石あらそいの数により知ることだ）

蠶業忙

朝宵（あさよい）にいそしむほとも顯（あらわ）れてたのしき物はかふこなりけり　竹尾正久

（朝晩精を出してお蠶さんの世話をすると、すぐ効果が現れてたのしい、本当に蠶はいいなあ）

夏山雲

筑波嶺のこのもかのもの夏の雲いくらの里の雨となるらむ　竹尾正久

（筑波山の嶺のあちらこちらの夏の雲はどれだけの村里をうるおす雨となるだろう）

この歌の本歌は『古今和歌集』に「筑波嶺のこのもかのもに陰はあれど君がみかげにますかげはなし」（『古今和歌集』一〇九五、詠み人知らず。「筑波山のあちらこちらに木陰はあるが、あなたのかげ（姿）にまさるものはない」の意）とある東歌で、正久はその恋の気分を慈雨に変えて巧である。

初秋浦

浪のおとも秋になるみの浦さひし熱田の森も名のみ成らむ　竹尾正久

（浪の音も秋になると鳴海の浦も淋しくなり、熱田の森も夏の暑さがなくなり名前だけの熱田になるなあ）

川落葉

みなの川もみちの淵は筑波嶺のあらしの風のしわさ也けり　竹尾正久

（紅葉が流れる男女川の淵は、筑波山の嵐により風に吹かれて散ったせいなのだろうなあ）

①「三河年浪歌合集第壹號」（明治二十五年八月印刷）

山落花

立ならふやまの岩秀に似もやら傳さかり短くちる櫻かな　ヤナ竹尾正久（ヤナは八名郡の意）
（連山の岩が高くつき出ているように、桜が他の花より秀でていれば、いつまでも咲いているだろうに、そうはならず、桜の花の盛りは短く散ってしまうなあ）

②「三河年浪歌合集第貳集」（明治二十六年七月印刷）

　見花

幼兒もあなうつくしと指さしてほゝゑむ花は山さくら花　ヤナ竹尾正久
（幼い子どもが、ああ美しいと指さしてにっこりする花は山桜花だなあ）

春望

まゆひらく柳も桑のめもはるのかすみにこもる賀茂の川はた　正久
（心配事がなくなり眉を開いて見渡すと、賀茂の川端の柳も桑の新芽も春霞にこもってぼんやり見える）

③「三河年浪歌合集第三集」付・作者氏名百名

　寄畑祝世（畑に寄せて世を祝う）

眞金もてつくりかためし車路に畑たちそふ御世は動かし　正久
（鉄で作り固めた車の路に、畑が寄り添うように広がる今の御代はゆるぎないものがある）

石巻神社奉納歌

正久は明治十七年に石巻神社の祠官になった。その縁で、明治二十二年に退官した後も石巻神社に歌を奉納している。明治二十五年の奉納歌が全部で九首ある（ただ作ったのは明治二十四年）。順序が逆になるが、ここに紹介する。

⑦「石巻神社奉納左額歌」（明治二十五年）

大御代　壽(ことぶき)

大王(おおきみ)の直(ただ)にしらせる御代(みよ)なれは物皆よきに進まぬはなし　竹尾正久

右額歌

（天皇が直接まつりごとをなさっている今の御代だから物事はすべて良いようにすすまないことはない）

「額歌」は最初に掲載する歌の意。

遠近に霞の立(たて)るかた

おきとほき帆影(ほかげ)のみかは浦回(うらまわり)こくふねも霞の網にかゝれり　ヤナ竹尾正久

（沖が遠いので帆影だけ見えるのだろうか、浦を廻ってこぐ船も春霞の網にかかったようだ）

雨中歸雁

たたひとり雨にぬれても行雁(ゆくかり)は何友(とも)かきの隔(へだ)たてたりけん　竹尾正久

（ただ一羽で雨にぬれても飛んで行く雁は、何のわけがあって友だちと離れ隔てられたのだろう）

國のすかた　句題

神國のすかたにそむく事なくはすゝみ行世(ゆくよ)に何かおもはむ　竹尾正久

（神の作りなさった国の姿にそむくことがないならば、これから進むこの世に何の心配をすることがあろうか）

「句題」とは和歌の一句を題にして作った歌ということ。

月に見る　句題

かゝみ野のつきに見る夜は女郎花(おみなえし)露の玉もてよそひ立(たち)たり　竹尾正久

（かかみ野の月の光に照らされた夜は女郎花が露の玉によって装い、美しい姿で立っていることよ）

「月に見る」という句題は『新古今和歌集』一五〇六番の藤原範光(のりみつ)の歌に「わかの浦に家のかぜこそなけれども浪吹くいろは月にみえたり」（和歌の浦にわたしの家の風は吹かないが、浦を吹く風によって立つ波頭の白い色は、月の光に照らし出されてくっきりみえるよ）とある歌からとったかもしれない。「かゝみ野」は地名だろうが不明。

蘆の本に鴨のゐる形

枯あしの風身にしめてゐるかももなには思はぬ春や待(まつ)らむ　竹尾正久

（枯れた蘆の本にいて、吹く風まで自分のものにしている鴨も何も思うことなく春を待っているだろう）

『随園月次集』の正久の歌

愛知大学綜合郷土研究所に『随園月次集』という七丁の小冊子がある。これは明治三十五年七月刊、著作兼発行者は竹尾正久（愛知県八名郡賀茂村百貳拾參番戸）とあり、「明治三十五年六月随園の主賀茂正久しるす」としている。歌の撰者は久野輝彦（砥鹿神社禰宜）、森田光文（牟呂八幡宮禰宜）の二人。正久最晩年の作である。その中から正久の歌五首をみておく。

新年

上つ代の手ふりおほえてゆかしきはとしのはしめの神祭なり　竹尾正久

（上代の手ぶりを覚えて舞うゆかしい舞は年の初めの神祭である）

『随園月次集』（明治三十五年）

年頭の神祭は神社の例大祭ではないだろう。新年に巫女舞はしないだろうし、正月に行う舞も聞かない。ちなみに巫女舞の浦安の舞は昭和十五年（一九四〇）十一月十日の皇紀二千六百年奉祝会にあわせ、全国の神社で舞うことになった新しい神楽舞で、現在各地の神社で舞われている。

梅に虎のかた

もろこしの虎も今年は時をえてやまとの梅のはなにあそへり　竹尾正久
（唐土の虎も今年は干支が虎だから時宜を得ている、日本の梅の花に遊んでいることよ）
明治三十五年の干支は壬寅で、みずのえとらである。竹に虎の絵柄はよく目にするが、梅に虎の絵は珍しい。しかし、そんな絵をみて作ったような作である。

田家梅
門田道せとのはたみち来る人のそてさへかをる梅のまさかり　竹尾正久
（家の門のあたりの田や家の裏口の畑道をやって来る人の袖までも梅の香がかおるほどの今まっ盛りの梅の花だなあ）

連山霞
三河路も遠つあふみもへたてなくひとつにかすむ八名群山　竹尾正久
（三河の路も遠州も隔てることなくすべてひとつに霞む八名郡の群れ続く山々であることよ）

小草に蝶あそへり
うたへとて蝶は舞らんうくひすのこもる春野の若草のうへ　竹尾正久
（草の上で蝶が遊ぶのは歌えといって舞うのだろう、鶯の声が聞える春の野の若草の上で）

竹尾正久の和歌は三宅英熙が碑文に書くように、作る傍から散逸してしまい、残ったものは本書に紹介したほどしかない。妻の小笹子にいたってはここに触れた数首しかなく、歌の力量が正久翁と拮抗しているといえるかどうかを確認しようもない。

当時の歌は題詠で作るので、出された題をどのように描くかが問われる。歌会の場では歌合ほどではないにしても、その力量が試されただろう。翁が⑤「豊川集附録」の「三十九番歌合」で山本金木と「海邊春望」という題で歌合をし、福羽美静の判定で負けになった資料を紹介したが、判の説明をみても勝負の理由はわかりにくく、微妙なものがある。

座の文学と称される俳諧の連歌を連句というが、江戸時代の和歌の作り方は連句ほどの作法はなかったにしても、ひとつの題に皆が歌を寄せるわけなので、似た作品が出来る可能性は高い。人と違う独自の歌を作るのは難しかったろう。斬新な歌を目指すというより、国学の教養に裏打ちされた伝統ある和歌が求められた。正久夫妻の歌の世界は鳳と凰が唱和するような和歌世界だったのではなかろうか。

おわりに

竹尾正久たちは、短歌革新を唱えた正岡子規（一八六七〜一九〇二）以前の歌人であるためか、旧派歌人といわれることがある。確かに明治三十一年（一八九八）に発表された子規の『歌よみに与ふる書』や明治三十四年に刊行された与謝野晶子（一八七八〜一九四二）の『みだれ髪』とは歌の作り方が違う。すべて題詠である。題が先にあって、それに合わせて歌を作っている。必ずしも自分の心を歌っていない。だから、旧派といわれるのだろう。

ただ、正久が自分の体験をもとに歌っている作品もある。たとえば、『類題三河歌集』春部の、

硯の海こほらぬけさは打むかふつくゑの嶋も春めきにけり

などはそんな日常の体験があって、作ったのではなかろうか。

恋の部の馴恋の、

ふりしことといひてはうらむ吾妹子がかさしの鈴のなる、此ころ

などは長年連れ添った夫婦ならではの心情がでている。

それでも、その歌は多く旧派といわれても仕方のない印象がある。いわゆる堂上歌人風である。室町時代から江戸時代にかけての和歌の作り方の流れに堂上歌人という言い方で、公家を中心とした人

たちを指すことがある。そこには古今伝授といって『古今和歌集』の解釈を師から弟子に伝えることが行われ、安土桃山から江戸初期の細川幽斎（一五三四～一六一〇）に伝えられたという。

江戸時代は堂上派に対して、地下派という言い方をされる歌人もいる。賀茂真淵、本居宣長などの国学者もそういう流れの中で和歌を作っていた。二つの派に区別されても作歌法は大差ない。題詠だからだ。歌の良しあしは歌の伝統をどれだけ踏まえて詠んでいるかが問われる。教養の深さが歌の出来をきめる。

国学は日本本来の文化とは何かということを追求する学問で、儒教や仏教が日本に入る前の日本人とはどういうものかをあきらかにしようとした。それで『古事記』や『日本書紀』、あるいは『万葉集』などの古典の研究をした。古代を学んだのである。そのため、国学者の歌は『万葉集』の語句を使って歌を作ることをしている。それなら『万葉集』のような万葉調の歌を作りそうなものなのに、正久も万葉調ではない。

与謝野晶子は万葉調ではないにしても、万葉風に自分の心情を直截に表現している。与謝野晶子まででないと自分の心情を素直に表現することができなかったということだろう。伝統に縛られていては新しいものを創造できない。幕末から明治初期は新しい改革が次々と起こっている。碑文を書いた三宅英煕師は僧侶から神主になり、教員からまた僧侶になったから、変革の時代を身をもって体験した人である。

それに比べると正久は変革の影響をそれほど受けていないような気がする。尊皇攘夷に浮かれることはないし、明治の新社会の波にもさほどのることなく、たんたんと歌の世界に沈潜している。

正久の一生は、源頼朝が伊豆で旗あげした治承四年（一一八〇）九月に、藤原定家（一一六二〜一二四一）がその日記『明月記（めいげつき）』に書いた「紅旗（こうき）征戎（せいじゅう）わが事にあらず」（戦争に関することは自分が関与することではない）という言葉で表現できるのではなかろうか。竹尾正久は、明治時代、「三河が生んだ定家」である。歌集の編輯や、歌作りに一生をささげた生き方には、この表現がふさわしい。

関連年表

年号	西暦	天皇	年齢	竹尾正久・三宅凹山及び竹尾家関連の事項	生没年	関連する世事事項
天保五年	一八三四	仁孝	一	三月二八日父・竹尾茂樹、母・壽子の次男として、八名郡賀茂町城前に生れる。幼名勝之助、茂算、文久元年ごろ正久と改名。号中務、八束鬚、隨園。この年三宅凹山は六歳、岩間寺にいた。	竹尾茂算（正久）〜一九〇四。橋本弘道〜一八九五。	
六年	一八三五		二			
七年	一八三六		三	九月二一日三河加茂一揆。	加藤監物（大伴千秋）〜一九〇二。	
八年	一八三七		四			大塩平八郎の乱。
九年	一八三八		五			
十年	一八三九		六	（正久このころから手習）	竹尾彦九郎林啓〜一九〇七。	蛮社の獄。
十一年	一八四〇		七		彦九郎林啓の継室高橋美知〜一九一九。	アヘン戦争。
十二年	一八四一		八		十月十一日渡辺崋山一	天保の改革（水野忠邦）。

年号	西暦	天皇	年齢	事項	関連事項	
十三年	一八四二		九		七九三〜没。	
十四年	一八四三		一〇		中山美石一七七五〜没。閏九月十一日平田篤胤一七七六〜没。	
弘化元年	一八四四		一一	(このころ竹尾家の道場に吉田藩士の亀井六五左衛門を招き、子弟などに剣術を学ばせる)		
二年	一八四五		一二	(正久このころから砥鹿の草鹿砥家に通ったか)	小野田温道〜一九一九。千家尊福〜一九一八。竹田佳孝〜一九一二。	
三年	一八四六		一三	春、森田光尋、草鹿砥宣隆の弟子となる。	七月十一日茂樹の長女登茂没(一九歳)。	
四年	一八四七	孝明	一四		竹尾林叙〜一八六四。	
嘉永元年	一八四八		一五	羽田野敬雄、羽田八幡宮文庫を創設。	富田良穂〜一九二五。十二月二十九日茂幹妻理津子没。	
二年	一八四九		一六		十月二十九日竹尾茂幹一八〇一〜没。	
三年	一八五〇		一七		草鹿砥宣譲(孫)〜一九	

四年	一八五一		一八		二二。竹尾延久(準、茂穀長男)〜一九三一、八月八日没(七六歳)。	
五年	一八五二		一九		六月七日母壽子没(四五歳)。	
六年	一八五三		二〇	三宅均、岩間寺住職となる。	森田光文〜一九一三。	ペリー来航。プチャーチン来航。
安政元年	一八五四		二一		林芳太郎(戸塚環海)〜一九三二。	日米和親条約締結。
二年	一八五五		二二	八月二十五日竹尾雄之助茂算(正久)、羽田文庫蔵書が一千部をこえた賀筵に出席。九月兄・茂穀が従五位下能登守勅許。	十月四日本居内遠一七九二〜没。	安政大地震。
三年	一八五六		二三	三月二十四日官社石巻神社道建立(羽田野敬雄、野之口隆正)。	三月二十二日茂樹の継室登志没(三六歳)。十月二十日二宮尊徳一七八七〜没。	
四年	一八五七		二四	九月十五日〜二十六日野之口隆正、賀茂竹尾家で古事記講		

和暦	西暦		年齢	事項	関連事項	一般事項
				読。十月二日中山繁樹ら「六句謌體辨」書写。十二月二日賀茂神主二男（正久）が遠州引佐の山本金木宅訪問。		
五年	一八五八		二五	五月十二日茂算（正久）山本金木を再訪す。六月十八日金木が賀茂の竹尾家訪問。		安政の大獄。
六年	一八五九		二六	（正久このころ田原の福島氏の女・れきと結婚する）。九月二十六日平田篤胤十七回忌霊祭歌会（正久の歌はない）。	四月十七日（長沢）松平美津没。	
万延元年	一八六〇		二七			三月三日桜田門外の変。
文久元年	一八六一		二八	一月竹尾正胤が草鹿砥宣隆『旋頭歌抄』書写。十月十八日「鈴屋大人六十一年霊祭集」（本居宣長の追慕歌会）に「正久竹尾雄之助」として歌を出す。（このころから正久と改名）。		南北戦争（アメリカ）。
二年	一八六二		二九	（正久このころから三河各地の歌人を訪ね、歌を収集）		和宮降嫁。生麦事件。

三年	一八六三		三〇		八月七日林啓長男久之助～一九一〇。大木知足（聟治）～一九四二。	薩英戦争。
元治元年	一八六四		三一		八月竹尾林叙（茂樹三男）没（一七歳）。夏目重鉄一八二九～没。	禁門の変。第一次長州討伐。
慶応元年	一八六五		三二	十一月二十八日父・竹尾茂樹没（一八〇五～。六一歳）。	竹尾茂樹一八〇五～没。十二月六日原田直茂～一九二八、八月九日没。	
二年	一八六六		三三			一月二十一日薩長同盟成立。六月七日～第二次長州討伐。
三年	一八六七		三四	『類題三河歌集』刊。	草鹿砥宣輝一七九七～没。正岡子規～一九〇二。	大政奉還。王政復古。
明治元年	一八六八	明治	三五	四月三日半原藩、岡部より移封。六月九日三河県設置。旧暦八月二十七日明治天皇即位。十二月十四日京都皇学所開講（明治二年九月二日廃止。草鹿砥宣隆はここの御用掛とな		一月三日鳥羽・伏見の戦い～戊辰戦争。九月六日明治改元。明治維新。神祇官再興。

和暦	西暦	年齢	事項	関連人物	一般
			る）		
二年	一八六九	三六	一月八日三宅凹山岩間寺廃寺の願いを提出。四月一日草鹿砥、大伴、川手、竹尾氏らが稽古会を開催。羽田野敬雄らも廻読会をする。八月十八日国府に修道館設立、九月六日まで二〇日足らずの学校。修道館分校を賀茂に造ったというが不明。六月二十四日三河県が伊奈県に編入。	六月二十一日草鹿砥宣隆一八一八～没（東山霊山に墓）。鈴木源吉茂世一八〇四～没。	版籍奉還、東京奠都。
三年	一八七〇	三七	九月十九日平民に苗字使用を許す。（このころ竹尾準、林芳太郎、篠束の本多匡の塾に通う）	四月二日茂樹の三女由志子（林啓室）没（三〇歳）。八月十日竹尾郁三郎（茂の三男、養子して伊東喜一郎）～？。	
四年	一八七一	三八	七月十四日元の三河県が豊橋県となり、一一月十五日額田県となる。牟呂八幡宮の氏子札に「森田光尋祠官、森田光文祠掌」とある。三宅凹山雄	八月十七日大国隆正（野之口隆正）一七九二～没。	三月十三日神仏分離令。五月十四日世襲神職の廃止。祠官（五月十四日太政官布告で全国の神社を官社と諸社に分け、諸社

踏郷学校教授となる。

に府社、藩社、県社、郷社の社格を付し、その長官を祠官と称した。村社には祠掌を置く。同五年二月布告第五七号で定め、同十二年十一月達第四五号で等級を廃す)。五月二十二日戸籍法施行。氏子調(七月四日から明治六年五月二十九日まで実施。太政官布告三二二号。寺請制度の代わりにしようとしたが二年で廃止)。七月十四日廃藩置県。八月二日学制発布。

五年

一八七二

三九

一月二十九日全国戸籍調査。四月九日庄屋名主年寄を廃し戸長を設置。四月二十五日教導職設置、宗教官吏に十四階級の等級を定める(明治十七年まで)。僧侶の肉食、妻帯、

年	西暦		年齢	事項	関連人物	社会
				蓄髪を許す。十一月九日太陰暦を廃し、太陽暦を採用する詔（十二月三日を明治六年一月一日とする）。十一月二十七日額田県が愛知県に編入される。		
六年	一八七三		四〇	一月橋本俊蔵、石巻神社祠官。十一月二十三日三宅均述『神武天皇御傳記』（宇布見小学校刊行）。	八月十日林啓三男年助～一九〇六。与謝野鉄幹～一九三五。	千家尊福出雲大社敬神講設立。
七年	一八七四		四一		竹尾正胤一八三三～没。山本速夫一八二五～没。大木知貞？～没。	
八年	一八七五		四二	二月十三日平民も姓を称する布告。十一月十二日岡田佐平治、遠江国報徳社設立。	鈴木重実一八二一～没。十一月十三日竹尾一郎（準の長男）～？。	
九年	一八七六		四三	九月三宅凹山浜松瞬養校教授（このころ正久、原田直茂の家庭教師となる）	四月十七日千秋季福～没。本多匡一八二九～没。	十月二十七日秋月の乱。十月二十八日萩の乱。
十年	一八七七		四四	（このころ中山繁樹、石巻神社祠官となる）	十一月九日正久の室れき没。十二月六日竹尾	二月～九月西南の役。

年	西暦	年齢	事項	人物	一般事項
十一年	一八七八	四五		あや（準の長女）〜？。中山繁樹一八二九〜没。竹生昌信一八一一〜没。羽田野茂雄一八四一〜没。与謝野晶子〜一九四二。	
十二年	一八七九	四六	（このころ正久、継室小笹と結婚し、三上に転居）	釈公阿一八二一〜没。八月一五日竹尾てる（準の次女）〜？。	沖縄県設置。
十三年	一八八〇	四七	（このころ神戸三九郎、石巻神社祠官となる）十二月『豊川年浪集』第壹集刊行。十二月『松の友』（多田了證の華暦祝）に正久の歌二首あり。	十月平田鉄胤〜没。	
十四年	一八八一	四八	宝飯中学設立（明治二十年三月に廃校）。十月一日大国隆正の十年忌祭に正久と小笹が追悼歌を出す。	八月十日林啓四男秋助〜。久田祐利？〜没。十二月二十四日竹尾茂彦（準の次男。高橋家に養子）〜？。	国会開設の詔。
十五年	一八八二	四九		三月十七日大伴橘翁（寺部宣光）一八一一〜没。	一月神官教導職分離令。千家尊福、神道大社派（の

					六月一日羽田野敬雄一七九八～没。松平忠敏一八一八～没。	ち神道大社教）を創立。
十六年	一八八三		五〇	三月二十日三宅四山、宝飯中学校助教諭。	三月二十五日竹尾茂（茂穀）一八三〇～没（五二歳）。	
十七年	一八八四		五一	（このころ正久、石巻神社祠官となる〈明治二十二年八月まで〉。牟呂八幡の祠官になったのもこのころか）。八月遠江国報徳社に賀茂報徳社が加入（社長・竹尾彦九郎）。	十一月二十二日村上忠順一八一二～没。	
十八年	一八八五		五二	引札・月次歌會兼題（豊橋社中）。原田直茂編輯『皇國詠史歌集』刊行（正久は校閲、十五首。小笹子三首）。七月『さかきの露』（羽田野敬雄三周忌追悼歌集）に正久と小笹の追悼歌あり。十二月一日序文の『三河の玉藻』（村上忠順一周忌絵入り歌集）に正久と小笹の歌		内閣制度創設。

年号	西暦	年齢	事項	人物	一般事項
			あり。		
十九年	一八八六	五三	一月類題三河歌集の引札(未刊)。四月二十七日芳賀聟治が大木ちよの婿養子となる。十月聟治、石巻神社祠掌となる。	一月二十四日有栖川宮幟仁一八一三〜没。山崎常美一八二六〜没。	
二十年	一八八七	五四	三月宝飯中学校廃校となり、宝飯郡立第一高等小学校となる。三宅は訓導。		
二十一年	一八八八	五五	正久十月、出雲大社教会権中講義。	十一月二十七日松平(大河内)信古一八二九〜没。	
二十二年	一八八九	五六	八月十三日久米榮、石巻神社祠官となる(明治二十五年七月十三日没)。十月『豊川年浪集』(隨園賀茂正久、二〇、二一年の出詠)。		大日本帝国憲法発布。
二十三年	一八九〇	五七			第一回帝国議会。
二十四年	一八九一	五八	引札・豊川集附録歌會課題(寄贈所賀茂村竹尾正久方)。引札・隨園社分會點競歌題(寄		

和暦	西暦		年齢	事項	関連事項
				贈所賀茂村竹尾正久方）。九月『豊川集付録、福羽大人判　三十九番歌合』に山本金木との歌合。	
二十五年	一八九二		五九	引札・豊川集附録隨園社歌題（寄贈所賀茂村竹尾正久方）、四月十五日賀茂郷社獻詠。引札・隨園分会點競歌題（鹿菅村津田の渡部経忠、寄贈所は正久方）。六月八日『豊川集辛卯編』（編輯発行・竹尾正久）。『三河年浪歌會第一集』八月二十日御届（編輯発行・賀茂村竹尾正久、印刷富田良穂）（「山落花」森田光尋の長歌、光文の絵）。八月三宅「陟屺瞻望碑」。「石巻神社奉納左額歌」に正久の歌五首あり。	十二月二十四日古橋暉児一八一三～没。
二十六年	一八九三		六〇	橋道守編輯『新年勅題　詠進歌集七編　全』に正久の歌が特撰に選ばれる。引札・「豊	

年号	西暦		年齢	事項	没	一般
				川集」の月次歌題（寄贈所竹尾正久方）。七月五日『三河年浪歌會第貳集』（「見花」）。三宅・財賀寺住職となる。（このころ福田牧衛、石巻神社祠官となる〈明治二八年没〉）。正久・少教正。		
二十七年	一八九四		六一	神職の称を社司、社掌に変更（昭和二十一年まで）。四月一七日日清講和条約（台湾割譲）。	久田和一 ?~没。	日清戦争~九五。
二十八年	一八九五		六二		広岩敬敏一八一七~没。佐野蓬宇一八〇九~没。	下関条約、台湾併合。
二十九年	一八九六		六三			
三十年	一八九七		六四	三月三日大木聟治、石巻神社社司拝命。六月三宅「竹田淺吉君碑」。	平尾親章一八三五~没。五月十七日竹尾富次郎没（茂幹五男五一歳）。八月三日竹尾新三郎没（茂幹四男五四歳）。	
三十一年	一八九八		六五	二月~正岡子規「歌よみに与ふる書」（新聞『日本』）。一家の姓を同じにする民法制定。	森田光尋一八二五~没。大伴親光（彰）一八四二~没。亀井重範一八二一	

三十二年	一八九九	六六		四〜没。	
三十三年	一九〇〇	六七	与謝野鉄幹『明星』創刊（〜明治四十一）。	二月四日税所敦子一八二五〜没。	六月二十日〜義和団事件（清朝）。
三十四年	一九〇一	六八	八月十五日与謝野晶子『みだれ髪』。	九月十五日茂樹の次女桂子没。	
三十五年	一九〇二	六九	『隨園月次集』刊行、正久の歌五首あり。	大伴（加藤）千秋一八三六〜没。広岩敬貞一八三六〜没。正岡子規一八六七〜没。	
三十六年	一九〇三	七〇	六月五日根岸短歌会『馬酔木』創刊。	大木知儀一八二九〜没。	
三十七年	一九〇四	七一	八月二十三日権中教正・竹尾正久没。	竹尾正久一八三四〜没。	二月十日日露戦争〜一九〇五年一月一日まで。
三十八年	一九〇五		四月十六日竹尾正久翁追慕祭（竹尾準方にて）。九月三宅「鈴木重幹之碑」。十二月二十七日三宅「小島延佐一代記」。	追慕祭。	
三十九年	一九〇六		一月三宅「浦野寛寶」碑、三宅「商利嚆矢岩翁碑」。十月「竹尾正久翁碑」建碑。	山本金木一八二六〜没。	神社合祀令（明治末に一万社になる）。

四十年	一九〇七				七月二十日竹尾彦九郎林啓一八三九～没。福羽美静一八三一～没。	
四十一年	一九〇八			賀茂大伴神社が廃される（跡地に明治四十五年三月忠魂碑が立てられる。今は賀茂神社境内に移転）。		
四十二年	一九〇九				七月二十日松平小笹子（正久継室）没。	
四十三年	一九一〇			十一月二十七日松久禹門「三宅凹山先生」。	三月十九日林啓長男久之助一八六三～没。四月十日小野湖山一八一四～没。十一月二十一日三宅凹山一八二九～没（八一歳）。	韓国併合。
四十四年	一九一一					十一月十七日大日本報徳社創立。
大正元年	一九一二	大正		三月竹尾君紀功碑建碑。七月三十日大正天皇即位。		中華民国成立。

参考文献

1、那賀山乙巳文『賀茂縣主竹尾家と其一族』昭和十年、東三文化研究会
2、八名郡誌編纂部編『八名郡誌』大正十五年、初版。鈴木重安『改訂　八名郡誌』、昭和三十一年。『愛知県精髄　八名郡誌』（復刻版）二〇〇〇、千秋社
3、未刊国文資料刊行会『近世近代東三河文化人名事典』平成二十七年、同編集委員会
4、橘道守『新年勅題　詠進歌集　七編　全』明治二十六年、椎本唫社
5、賀茂校区文化協会『賀茂文化』四八二号～五〇二号、令和元年十月～令和三年三月
6、『千家尊福公』一九九四、出雲大社教教務本庁
7、岡本雅享『千家尊福と出雲信仰』二〇一九、ちくま新書
8、『雄踏町郷土資料部報』第三十四号、三十五号、一四二号、二一四号
9、『雄踏町誌資料編』四、昭和四十七年、浜名郡雄踏町教育委員会
10、『引佐町史』下巻、第一章、若林淳之執筆、平成五年、ぎょうせい
11、『豊橋市史』別巻、豊橋市史編集委員会、平成三年、豊橋市
12、金石文担当委員会編『三河国宝飯郡地方金石文集』昭和三十三年、愛知県宝飯郡地方史編纂委員会
13、『凹山偈荊鈔』明治四十三年、三宅凹山門下生一同、橋良文庫（現豊橋市立中央図書館蔵）
14、『浜松市史』二　近世編、第七章、昭和四十六年、昭和六十二年復刻板、臨川書店
15、『浜松市史』三　近代編　昭和五十五年、浜松市役所
16、武田三夫、山田東作『三河最初の中学校』昭和五十六年、豊橋文化協会
17、『栄樹園聞見集』神職之部、羽田文庫（現豊橋市立中央図書館蔵）
18、『山本金木日記』引佐町史料第十二集、昭和五十五年、引佐町教育委員会

19、諸橋徹次『大漢和辞典』全十二巻、昭和三十年〜三十五年、平成十三年、修訂版、講談社
20、『鈴屋大人六十一年霊祭集』文久元年、羽田文庫（現豊橋市立中央図書館蔵）
21、『賀羽田文庫書一千部各分典籍詠歌二首ほか和歌関係引札』羽田文庫（現豊橋市立中央図書館蔵）
22、熊谷武至『三河歌壇考証』昭和四十六年、私家版
23、近藤恒次『時習館史─その教育と伝統─』昭和五十四年、愛知県立時習館高等学校、創立八十周年記念事業実行委員会
24、近藤恒次『三河文献要覧』昭和二十九年、豊橋文化協会
25、中澤伸弘・宮崎和廣・鈴木亮編・解題『近世和歌研究書要』第八巻、近世和歌書法刪補（昭和五十一年）、類題和歌集私記（昭和四十七年）、二〇〇五、クレス出版
26、田﨑哲郎「羽田野敬雄から村上忠順宛書簡」『愛大史学』第六号、一九九七、愛知大学文学部史学科
27、羽田野敬雄研究会編『幕末三河国神主記録─羽田野敬雄『万歳書留控』─』清文堂史料叢書、第六十九、一九九四、清文堂
28、村松裕一『羽田野敬雄と羽田八幡宮文庫』平成十六年、豊川堂
29、羽田野敬雄研究会編『平田門国学者　羽田野敬雄年譜稿』令和二年、羽田野敬雄研究会
30、田﨑哲郎「『栄樹園拙詞集』─史料紹介─」『愛知大学綜合郷土研究所紀要』第五十一輯、二〇〇六
31、田﨑哲郎「平田家日記中の三河関連記事」平成十七年『愛大史学─日本史・アジア史・地理学』第十四号、愛知大学文学部史学科
32、田﨑哲郎『地方知識人の形成』一九九〇、名著出版
33、『国史大辞典』一二、昭和五十五年、吉川弘文館
34、愛知県史編さん委員会『愛知県史　通史編五、近世二』平成三十一年、愛知県
35、豊橋市美術博物館『森田家文庫目録』二〇〇三

36、『増補大国隆正全集』第八巻、平成十三年、国書刊行会
37、荒木亮子「三河国賀茂神社竹尾家文書Ⅰ―草鹿砥宣隆に関する史料を中心に―」『愛知大学綜合郷土研究所紀要』第六十六輯、二〇二一
38、宮地正人編「平田国学の再検討（二）」平成十八年、国立歴史民俗博物館研究報告第一二八集
39、小山正『幕末國學者　八木美穂傳』昭和三十五年、八木美穂顕彰會
40、野之口隆正『六句謌體辨』羽田文庫（現豊橋市立中央図書館蔵）
41、『補訂版　国書総目録』第八巻、一九七二初版　一九九〇補訂、岩波書店
42、小池保利「翻刻・草鹿砥宣隆著『旋頭歌抄』（序文・附言）―羽田八幡宮文庫本―」『解釈』第三十三輯、平成十三年十一月、同（本文）第三十六輯、平成十四年十一月
43、『新編　岡崎市史』十三、近世学芸、田﨑哲郎執筆、昭和五十九年、新編岡崎市史編さん委員会
44、『国学者　草鹿砥宣隆』宝飯郡一宮町歴史民俗資料館企画展、平成十七年
45、芳賀登「三河吉田藩における国学の継承」『歴史研究』第十四号、昭和五十二年
46、『故草鹿砥宣隆神主従皇都書簡』七十二叟羽田野敬雄、明治二年七月七日、豊橋市立中央図書館蔵
47、田﨑哲郎・天田晴大「羽田野敬雄編『故草鹿砥宣隆神主従皇都書簡』」『愛大史学』第十一号、二〇〇二
48、草鹿砥宣隆『杉之金門長歌集』豊橋市立中央図書館蔵
49、戸塚祐夫『戸塚環海伝』平成十八年
50、鈴木太吉「草鹿砥宣隆『杉之金門長歌集』の翻刻と研究（三）」愛知大学綜合郷土研究所紀要第四十一輯、一九九六
51、神道大系編纂会『三河国神名帳』神道大系三六、神社編　総記（上）昭和六十一年
52、瀧川一美「大伴神社」『賀茂文化』三十六号、昭和五十七年五月号、賀茂校区文化協会
53、早川彦右衛門編著、近藤恒次訂補『新訂　三河国宝飯郡誌』昭和三十五年、愛知県宝飯地方史編纂委員会

刊
54、新編豊川市史編集委員会『新編　豊川市史』第二巻通史編近世、平成二十三年、豊川市
55、白井覚『幼きものに』昭和六十一年
56、竹尾正久編『類題三河歌集』慶応三年、豊橋市立中央図書館蔵
57、寺島恒世『後鳥羽院御集』和歌文学大系二四、一九九七、明治書院
58、『竹取物語・伊勢物語』新日本古典文学大系一七、一九九七、岩波書店
59、『千載和歌集』新日本古典文学大系一〇、一九九三、岩波書店
60、『新続古今和歌集』飛鳥井雅世編、和歌文学大系一二、二〇〇一、明治書院
61、『方丈記・徒然草』新日本古典文学大系三九、一九八九、岩波書店
62、『新編国歌大観』第二巻　私撰集　編歌集　昭和五十九年、角川書店
63、干宝『新校捜神記』世界文庫、中華民国五十九年再版、世界書局。李劍國輯釋『唐前志怪小説輯釋』修訂本、二〇一一、上海古籍出版社
64、賀茂校区文化協会編『賀茂神社誌』平成元年
65、倉野憲司・武田祐吉校注『古事記・祝詞』日本古典文学大系、一九五八、岩波書店
66、坂本太郎、井上光貞他『日本書紀』日本古典文学大系、六七、六八、下一九六五、上一九六七、岩波書店
67、『万葉集』一～四　新日本古典文学大系、一九九九～二〇〇三、岩波書店
68、『新古今和歌集』新日本古典文学大系、一九九二、岩波書店
69、稲田浩二・小沢俊夫編『日本昔話通観』研究篇1、一九九三、同朋舎
70、三浦佑之『口語訳古事記』二〇〇二、文芸春秋
71、道興准后『廻国雑記』群書類従巻三三七、第十八輯、昭和三年、昭和三十四年訂正三版、続群書類従完成会

72、清少納言『枕草子』新日本古典文学大系二五、一九九一、岩波書店
73、豊橋市美術博物館『豊橋の寺子屋展』二〇一七
74、『国府修道館記事』(雑記ノ内)、豊橋市立中央図書館蔵
75、岩瀬専一「神官の争いをめぐって—大伴社家の資料より」(一)(二)『三河地域史研究』第七号一九八九、第八号一九九〇
76、坂田正俊「明治維新と加藤監物」(一)〜(九)、『賀茂文化』四七〇号〜四七八号、平成三十一年三月〜令和元年十一月、賀茂校区文化協会
77、近藤恒次「三河における明治前期の郡立中学校」『愛知大学綜合郷土研究所紀要』第二十一輯
78、内閣官報局編、明治四年『法令全書』第四巻、昭和四十九年、原書房(復刻原本、明治二十一年刊)
79、那賀山乙巳文『石巻神社と大木氏一族』昭和二十二年、石巻神社奉賛会
80、那賀山乙巳文『大木知足翁』昭和十三年、東三文化研究会
81、牟呂八幡宮神幸祭神事相撲調査研究委員会編『牟呂八幡宮』平成二十八年
82、原田直茂編輯『皇国詠史歌集』明治十八年、豊橋市立中央図書館蔵
83、峯田通俊編『つくで百話』昭和四十七年、作手高原文化協会
84、岩佐正校注『神皇正統記』岩波文庫、一九七五、岩波書店
85、『古代歌謡集』日本古典文学大系3、一九五七、岩波書店
86、『吉野拾遺』群書類従四八五巻、第二十七輯、昭和六年、訂正三版、昭和三十五年、続群書類従刊行会
87、橘逸勢卿史跡保存会編『橘逸勢』平成十一年、三ケ日町橘逸勢卿史跡保存会
88、夏目可敬『参河名所図会』中巻、昭和四十七年、愛知県郷土資料刊行会
89、『松の友』明治十三年、羽田文庫(現豊橋市立中央図書館蔵)
90、『さかきの露』明治十八年七月、羽田野敬雄三周忌追悼歌集、羽田文庫(現豊橋市立中央図書館蔵)

91、村上忠浄編『三河の玉藻』明治十八年十二月、村上忠順一周忌（西尾市岩瀬文庫蔵）
92、『三河年浪歌合集』羽田文庫（現豊橋市立中央図書館蔵）
93、『豊川年浪集』明治二十二年、羽田文庫（現豊橋市立中央図書館蔵）
94、『石巻神社奉納額歌』明治二十五年、羽田文庫（現豊橋市立中央図書館蔵）
95、『随園月次集』明治三十五年、愛知大学綜合郷土研究所
96、藤原定家『明月記』上巻、昭和六十二年、国書刊行会
97、古文書講座火曜会編『中山美石　梅園文集』中下、平成三十年、未刊国文資料刊行会
98、北岡伸一『明治維新の意味』二〇二〇、新潮社
99、尾脇秀和『氏名の誕生』二〇二一、筑摩書房

あとがき

豊橋市賀茂町には『賀茂文化』（賀茂校区文化協会発行、代表・中野孝芳）という月刊B4、七〜八頁のタウン誌がある。令和三年六月号で五百五号になるので、昭和五十四年六月の創刊から四十二年も続いていることになる。賀茂町のさまざまな情報が記されており、賀茂の現状を知ることができる。中でも創刊時の代表・岩瀬専一先生は昭和から平成にかけて、賀茂の歴史を掘り起こすために力を注がれ、『賀茂文化』の名を高からしめた功績者である。本書はその『賀茂文化』に令和元年十月から令和三年三月まで連載させていただいた「竹尾正久翁―幕末から明治の三河歌人」（一）〜（十八）の拙文がもとになっている。

私が故郷の賀茂に帰ったのは平成三十一年の三月のことで、十八歳で上京し、足助、静岡に職を得て五十四年ぶりに賀茂町定重（さだしげ）の自宅に落ち着くことになった。その間も毎週のように帰宅していたので賀茂のことは知っているつもりでいたが、帰ってみると浦島太郎状態で、親友の山崎峴司氏や叔父の藤井隆次氏から教わることばかりであった。

竹尾家が平成二十八年に転居されたことを知ったのは賀茂に移る前だったが、どういう状況かは知らなかった。竹尾家の宅地にあった竹尾正久翁の石碑が、賀茂神社の境内に移されたとの情報は、旧友の石田守氏から教えてもらった。その碑を拝見し、田畑忠伺宮司の了解を得て、拓本にとってもらおうと河合荘司氏にお願いした。拓本をとることで正確に碑文を読むことができ、漢文で書かれた碑文を読解してみようという気になった。田畑宮司に竹尾家のことを尋ねると、那賀山乙巳文氏の『賀茂縣主竹尾家と其一族』を貸してくださった。さらに石田守氏から『賀茂文化』に碑文の紹介を書いたらどうかと慫慂していただいた。

　那賀山氏の著書は昭和十年に東三文化研究會から刊行されているが、主宰は那賀山氏がされていたようで住所は自宅になっている。この本をてがかりに竹尾正久翁を調べはじめた。また、碑文の作者の羅山僧正・三宅英煕（凹山）については豊川（とよかわ）の財賀寺の住職だから、財賀寺に行き現住職の西本全秀師から教えていただいた。また三宅師が引佐町の出身ということで、関連資料を浜松市立図書館や引佐町に尋ねた。

　竹尾家は神主家であるので、竹尾正久翁を知るには幕末から明治にかけての変革の時代の神主たちの動向を知る必要がある。調べていくと当時の神職のネットワークがみえてきた。豊川（とよがわ）の対岸に三河一宮の砥鹿神社があり、神主家の草鹿砥家がある。さらに、当時の有力な神主で、渥美郡羽田村（現・豊橋市）の羽田八幡宮に羽田野敬雄がいて、三河や遠州の神職の人々を平田篤胤の門人に推挙していることからも、その中心的存在だったことがわかった。

　羽田野敬雄の貴重な活動の一つに羽田八幡宮文庫の創設がある。この文庫は日本の図書館の先駆的存在であるが、明治十五年に羽田野敬雄が亡くなると維持できなくなり明治四十年に売却される。だが、幸いにも石巻神社の大木知足の尽力により、かなりの書物が買い戻され豊橋市立中央図書館に収蔵されている。本書は同館所蔵の羽田文庫のお蔭でさまざまな関連資料を使わせていただき、恩恵にあずかった。感謝にたえない。羽田文庫の資料は西尾市の岩瀬文庫にも所蔵されている。また刈谷市立図書館には羽田野敬雄の盟友・村上忠順の蔵書があり、これらの文庫・図書館の蔵書により、幕末から明治にかけての三河地方の文化的背景を知ることができる。

羽田野敬雄については、すでに相当な研究がなされており、一九九四年に愛知大学の田﨑哲郎先生が羽田野敬雄研究会を主宰され、羽田野敬雄の『萬歳書留控』（『幕末三河国神主記録』）を刊行されているし、この研究会は昨年、『平田門国学者　羽田野敬雄年譜稿』（同研究会編、令和二年）という労作をまとめている。さらに東三河文化人名事典編輯委員会の編著にかかる『近世近代　東三河文化人名事典』（未刊国文資料刊行会発行、代表・藤井隆）という便利な事典が平成二十七年に刊行されている。鈴木光保、尾嵜信之両氏が中心になってまとめたもので、文化的業績のある武士や町人だけでなく、神職や僧侶など、東三河の関連する人物を本書で知ることができた。

幕末の神職は国学を学ぶことが求められていた。国学者にとって記紀の知識と和歌の創作が重要な教養だった。正久翁にとってその手ほどきをしてくれたのは父親・竹尾茂樹であり、兄・竹尾茂穀なのだろうが、宝飯郡八幡神社の神主で叔父の寺部宣光（大伴橘翁）と、砥鹿神社の草鹿砥宣隆は、国学と歌学への道を示してくれた。そこから羽田野敬雄、野之口隆正、山本金木、村上忠順との交流が始まり、慶応三年の正久翁編輯の『類題三河歌集』へと結実していった。

明治になると歌会の繋がりでの関係が、地元の人々だけでなく全国的な広がりを持つようになる。碑文の作者・三宅英熙僧正とは特別親密に交際しているし、題額の歌を書いた出雲大社教の千家尊福、椎本唫社の橘道守などとも交流を持つようになる。石巻神社の大木知足や牟呂八幡の森田光文、作手（つくで）の原田直茂は弟子筋の人物といえるだろう。

まだ不明な点は多い。先学のおかげにより、やっとここまで知ることができたというのが現在の心境である。ただ碑文に三宅英熙師が記すように、春秋の好い季節になると、正久翁がふらっと訪ねてきて、歌を詠み談笑して帰って行ったという場面は、想像するだけでほほえましい。歌会があると、正久は妻の小笹とともに和歌を出詠している。これまた鴛鴦夫婦の姿が目にうかぶ。晩年の翁の生活はのどかで穏やかなものだったようだ。

賀茂は今も栗八名、城前、定重、鶴巻、照山、坂井の六集落があり、それぞれの集落ごとの単位で行われる行事がある。各集落が自前の公民館を持ち、会合やお日待、講などをしている。そのことは先人が『賀茂文化』に書かれているが、さらに調べてみたいと思っている。

また、賀茂の旧社家は竹尾家（賀茂神社）だけでなく、加藤家（大伴神社）と中野家（貴船神社）が禰宜家としてあった。加藤家は大伴千秋の代で大伴の姓に変え、賀茂を出て、後に尾張一宮の真清（ますみ）田（だ）社の宮司になっている。大伴神社は昭和四十年の耕地整理で跡地に碑があるだけである。村の変遷は止まることがないが、その痕跡は調べればある程度知ることができる。知ることができれば古人の生きざまに思いを馳せることができる。郷土史を知ることの醍醐味といえよう。

この小著もここに名前を挙げた方々以外に、次の方々のお世話になった。『賀茂文化』に掲載していただいた際の編集では友人の白井啓氏が毎号丁寧な割付をし、ルビや写真の処理など特別な工夫をしていただいた。松阪の本居宣長記念館の吉田悦之前館長にはいつもながら御教示いただいている。砥鹿神社の岩崎和夫宮司と国府の八幡宮の神道隆至宮司からはご教授とご配慮をいただき、草鹿砥家と大伴家のことを知ることができた。

竹尾家のことは竹尾新二郎氏、竹尾アヤ子氏、山本瑳一氏、岩瀬伸雄氏、故・戸田勝氏などの方々にも教えていただいた。大伴神社の加藤千秋のことは坂田正俊氏の論考に教えられ、石巻神社のことは友人の大木章也氏から、牟呂八幡は知人の森田勝三氏から情報を得た。豊橋市美術博物館の久住祐一郎氏の御配慮により、同館所蔵の森田家文書と竹尾家文書を見ることができた。お礼申し上げる。

本書の編集は旧知の井筒清次氏が引き受けてくれ、拙文を丁寧に読んでくださり御教示いただいた。感謝にたえない。

令和三年六月三日

繁原　央

繁原　央（しげはら・ひろし）

常葉大学短期大学部名誉教授、愛知大学綜合郷土研究所研究員。

昭和22年（1947）愛知県豊橋市賀茂町に生れる。

博士（文学）國學院大學。國學院大學大学院博士課程満期退学。

漢文学、比較民俗学、郷土史学専攻。

主要著書・論文
『山梨稲川と『肖山野録』』2001、麒麟社。『日中説話の比較研究』2004、汲古書院。『中国民話の旅』（共著）2011、三弥井書店。『山梨稲川―漢詩とその生涯―』2012、静岡新聞社。『新版　山梨稲川と『肖山野録』』2013、篠原印刷所出版部。『対偶文学論』2014、汲古書院。

「中国の小鳥前生譚」（2002～2010、『常葉学園短期大学紀要』33～41輯）。「山梨稲川と松崎慊堂」（2014、『斯文』124号）。「日中継子譚の一モチーフ―「継子と炒り豆」を中心に―」（2015、『名古屋学院大学論集』言語・文化篇、第26巻2号）。「中国民間故事集成、全書、叢書―民間故事の整理状況」（2016、『比較民俗学会報』第36巻4号）。「舜子譚伝承考―継子いじめと聖人故事―」（2016、『國學院雑誌』第117巻11号）。「竹尾正久翁―幕末から明治の三河歌人」（1）～（18）（2019.10～2021.3、『賀茂文化』485～502号）。

幕末・明治の三河歌人
竹尾正久の碑文と和歌
2021年11月1日　第1版第1刷発行

著　者◆繁原　央
発行人◆小島　雄
発行所◆有限会社アーツアンドクラフツ
東京都千代田区神田神保町 2-7-17
〒101-0051
TEL. 03-6272-5207　FAX. 03-6272-5208
http://www.webarts.co.jp/
印刷　シナノ書籍印刷株式会社

落丁・乱丁本はお取り替えいたします。

ISBN978-4-908028-64-9　C0039